Le démon de la faim

DU MÊME AUTEUR

Circuit fermé, Québec, L'instant même, 1989.

Passé la frontière, Québec, L'instant même, 1991.

N'arrêtez pas la musique !, Québec, L'instant même, 1995.

Les chemins contraires, Québec, L'instant même, 1999.

Loin des yeux du soleil, Québec, L'instant même, 2001.

L'inconnu dans la voiture rouge, Québec, L'instant même, 2004.

MICHEL DUFOUR

Le démon de la faim

ROMAN

LES ÉDITIONS
Sémaphore

Les Éditions Sémaphore
3962, avenue Henri-Julien
Montréal, Québec, H2W 2K2
Té. : 514 281-1594
Courriel : info@editionssemaphore.qc.ca
www. editionssemaphore.qc.ca

Nous remercions le Conseil des Arts du Canada de l'aide accordée à notre programme de publication ainsi que la Société de développement des entreprises culturelles du Québec.

Graphisme de la couverture : Christine Houde
Direction littéraire : Tania Viens
Correction d'épreuves : Annie Cloutier
Mise en page : Lise Demers

Catalogage avant publication de Bibliothèque et Archives nationales du Québec et Bibliothèque et Archives Canada

Dufour, Michel, 1958-
    Le démon de la faim
    ISBN 978-2-924461-36-5
    I. Titre.

PS8557.U297D45 2017   C843'.54   C2016-942456-1
PS9557.U297D45 2017

ISBN Papier : 978-2-924461-36-5
ISBN ePUB : 978-2-924461-37-2

Dépôt légal : 1er trimestre 2017

Diffusion Dimedia
539, Boul. Lebeau, Ville Saint-Laurent (Qué), Canada H4N 1S2
Tél. : 514 336-3941
www.dimedia.com

La faim qui l'a saisi à son réveil, un moment apaisée par son petit déjeuner plantureux, le tenaille à nouveau mais ne se satisfait d'aucune boisson, d'aucune nourriture, elle ne vient pas de l'estomac, plutôt de toutes les fibres de sa chair, elle monte de loin, du fond de son enfance.

Sylvie Germain, *Hors champ*

Au volant de son poids lourd, habitué aux intempéries, il crut d'abord que l'horreur était si lointaine qu'elle ne l'atteindrait pas. Mais le nuage noir tourbillonnait sans arrêt, se rapprochait à une vitesse vertigineuse, le narguait nonchalamment dans son rétroviseur. « What the fuck ? » Elle pouvait bien courir après lui, il ne se laisserait pas rattraper par cette saleté de merde ! Il appuya sur l'accélérateur.

Quand le moteur se mit à hoqueter, il comprit que, la malchance se mêlant de la partie, sur cette route du Kansas, loin de chez lui, il n'échapperait pas à son destin. À ce moment-là, deux mots, telle une malédiction, résonnèrent dans sa tête : never again.

Le choc fut terrible. La tornade accrocha le camion par-derrière, le souleva. Pris de court, comme pour ne pas voir sa propre mort lui sourire si bêtement, il ferma les yeux. Les vitres volèrent en éclats. Son corps fut éjecté de l'habitacle. Prisonnier de ce courant fou, heurté de tous côtés par des débris hétéroclites, armes redoutables que les vents charriaient puissamment, il tournoya plusieurs fois, hors de contrôle, avant d'être projeté plus loin et de s'abîmer dans un marais profond, décapité...

J'EN AI ASSEZ DE ME DÉMENER COMME UNE DAMNÉE

Chez Loretta, triste restaurant d'une petite ville perdue près de la frontière, on servait, de six heures du matin à six heures du soir, le déjeuner du camionneur : œufs, jambon, saucisse ou bacon, fèves au lard, pommes de terre rissolées, tranche de tomate sur laitue défraîchie, toasts pain blanc ou pain brun, jus d'orange, café. C'était l'unique et typique spécialité de la maison — si *maison* convenait à ce genre d'établissement où l'indécrottable odeur de friture faisait décoller le papier peint et faner les fleurs en plastique.

Loretta Chartier avait une fille, Clarisse, qui l'aidait au service depuis qu'elle avait abandonné l'école. Elle pouvait ainsi se consacrer entièrement à la cuisine. Les journées étaient longues et chargées. Avant la fermeture, pendant que les derniers clients sirotaient leur deuxième café, Clarisse s'empressait de laver la vaisselle et finissait lessivée. Comme les activités sociales de ce bled ennuyeux étaient plutôt limitées, elle montait à l'étage avec sa mère, mangeait vite, allumait la télé, zappait. Même lorsqu'elle tombait sur un film d'amour dans lequel jouaient ses acteurs préférés, elle ne parvenait pas toujours à garder les yeux ouverts. Loretta, elle, se couchait tôt. En pleine nuit, elle se levait pour aller aux toilettes et trouvait sa fille endormie devant le petit écran qui grésillait tel du bacon sur le gril.

Le restaurant était essentiellement fréquenté par des routiers québécois et américains affamés par les longues distances. Amateurs de *breakfasts* bien consistants, ils y faisaient escale. La plupart des habitués se connaissaient et fraternisaient dans une ambiance familiale. Aimée de tous, plusieurs fois sacrée reine du bacon, qu'elle maniait et cuisait comme pas une, Loretta aurait pu, devant l'implacable perspective de finir dans sa casserole, faire défriser la queue de n'importe quel porc qu'on menait à l'abattoir. Pour tout dire, elle avait un méchant caractère.

Alerte, Clarisse naviguait entre les marées de camionneurs. Elle apprit très vite à transporter les assiettes sans rien échapper, à verser le café sans ébouillanter personne et bien sûr, politesse oblige, à se montrer courtoise avec les clients. C'était une fille ni laide ni jolie. Ses cheveux roux bouclés attiraient les regards. Mais elle affichait toujours un sourire triste qui la déparait. Elle avait les dents croches et s'en faisait un complexe. Une fois, elle s'en plaignit. La réplique fut cinglante comme un coup de cravache : « J'ai pas les moyens de te payer des broches. Dis-toi que t'es belle de même. Pis demandes-en pas plus. » Voilà la mentalité fataliste, dont la mère était la gardienne acharnée, qui régnait dans cette famille.

Pendant quelques années, Loretta vécut une union plutôt houleuse avec un camionneur américain parlant un français approximatif. Elle prétendait que la mauvaise dentition de sa fille lui venait de son mari. Par malheur, Wayne Wilson se tua dans une tornade.

Tous les souvenirs que Clarisse gardait de son père se conjuguaient au plus-que-parfait. Malgré ses absences, il était devenu son idole absolue. Si sa mère lui disait qu'il était parti travailler, ce qui signifiait pour l'enfant qu'elle ne le reverrait pas de si tôt, Clarisse s'ennuyait de lui mais l'adorait davantage, telle la princesse rêvant au prince charmant. Les retrouvailles n'en étaient que plus vives et chaleureuses. Elle se rappelait son dernier Noël avant l'accident. Son père lui avait offert un cadeau à son image, une poupée de chiffon aux nattes rousses bradée dans un bazar de fortune en Ohio, la plus belle poupée du monde pour la plus belle fille du monde.

*

Un grand gaillard entra dans le restaurant et commanda un hamburger avec frites. À l'évidence, ce n'était pas un habitué. D'où sortait-il ? Troublée, Clarisse bafouilla en anglais qu'on ne servait que le *breakfast*. L'homme à la tignasse noire la regarda droit dans les yeux. « Why don't you smile ? » Surprise par la question, elle se contenta de hausser les épaules. « What's your name? » Elle lui dit son prénom et reprécisa qu'on ne servait que le déjeuner. Il parut étonné. Elle fit signe que oui, même à quatre heures de l'après-midi, plein de camionneurs aimaient ça, c'était le meilleur de la région. Il se laissa convaincre non sans cesser de la fixer. Sensible à son charme, rouge jusqu'aux oreilles, elle s'empressa d'aller passer la commande à sa mère en essayant de se raisonner. *Calme-toi, maudite folle ! T'as jamais vu ça, un bel homme ? Pas la peine d'en perdre ton français !*

Dans la cuisine, Loretta ne remarqua rien. De toute façon, elle n'avait pas le temps de s'émouvoir des frissons de sa fille. Telle une automate, elle cassa deux œufs, aligna le bacon, fit sauter les pommes de terre. Pendant que ça cuisait allègrement, elle arracha une feuille de laitue qu'elle ne prit pas la peine de laver à l'eau du robinet, la déposa au bord de l'assiette, trancha une tomate encore verte, tourna les œufs, le bacon et les pommes de terre, glissa sa main dans sa chevelure, pensa qu'elle avait oublié de mettre son filet, ne vit pas le long cheveu qui tomba sur les œufs, se dit qu'elle était écœurée de vivre dans les relents de gras, si seulement son mari avait eu une bonne assurance à sa mort, elle aurait pu se la couler douce. Mais non, Loretta ne reçut qu'une somme symbolique de la compagnie américaine pour laquelle travaillait Wayne. Une fois les funérailles payées, son solde frôlant le zéro, incapable de fermer boutique et de prendre une retraite précoce, elle continua donc de s'occuper de son minable restaurant, oui, affirmait-elle, *minable* était bien le mot exact. À deux reprises, elle tenta de vendre son boui-boui. Les acheteurs potentiels, promoteurs immobiliers et spéculateurs du coin, ne voyant dans cette offre rien de lucratif, ne se montrèrent pas intéressés. Ils choisirent plutôt d'investir dans un petit centre commercial d'une ville voisine. Pourquoi le destin n'avait-il pas été meilleur pour elle?

Elle cria à Clarisse de venir chercher la commande. Sa fille, partageant ses journées entre les ordres de sa mère et les exigences des

clients, s'empressa de servir le fameux étranger. « Thank you, baby. »
Elle était habituée à se faire appeler *baby*, la p'tite ou belle pitoune.
Plus par camaraderie que par affection, les routiers l'interpellaient
souvent de cette manière. « Baby, come on, just a little smile… » Sans
rien révéler de son horrible dentition, elle lui fit son maudit *little smile*
et courut vers une autre table où on ne la réclamait pas.

Au moment de régler la facture, l'argent qu'il lui donna lui brûla les
doigts, si bien qu'elle se trompa en lui rendant la monnaie. Il s'aperçut
de son erreur, la corrigea gentiment. Devant son généreux pourboire,
elle se noya dans les excuses et les remerciements. « See you soon »,
lui lança-t-il. Elle répondit qu'elle espérait le revoir. Un étrange pacte
venait d'être scellé.

*

Clarisse s'enferma dans sa chambre, se déshabilla. Étendue sur
son lit, elle songea au nouveau client. Jamais auparavant elle n'avait
pu mettre un visage sur le mot *désir*. Même ses vedettes de la télé ne
parvenaient pas à incarner un tel fantasme. Pour tout déclencher, il avait
suffi d'une rencontre fortuite avec un inconnu qui lui avait manifesté
un intérêt certain, jeté un regard plein de convoitise, adressé quelques
mots gentils, réclamé un sourire…

Pendant que le plaisir montait en elle et qu'elle s'apprêtait à jouir,
elle souhaita perdre sa virginité avec lui. Mais cette pensée l'effraya. À
tel point que son cri, battu en brèche par une angoisse sournoise, resta
noué au fond de sa gorge.

*

Loretta souffrait d'une maladie fort pernicieuse : la jalousie. Ce fut
d'ailleurs le principal motif de conflit entre son mari et elle. Constamment, elle le soupçonnait de la tromper. Le métier de Wayne l'amenant
sur la route, ce qui l'obligeait à découcher souvent, elle était cocue et
n'en démordait pas. À maintes reprises, il profitait de ses déplacements
pour s'offrir des aventures avec des femmes rencontrées dans les bars

14

et les restaurants qu'il fréquentait. Elle imaginait des nuits ardentes en compagnie de ses nombreuses maîtresses, une dans chaque ville qu'il traversait. De l'énergie, il n'en avait plus pour elle. Voilà pourquoi leur vie sexuelle était si terne.

En quête de preuves, elle fouillait ses bagages, scrutait ses vêtements, inspectait de fond en comble son poids lourd. Le moindre indice suspect la confortait dans son idée fixe. Elle découvrit une canette vide de Coke diète sur sa couchette, boisson qu'il prétendait ne pas consommer, l'aspartame lui causant des aigreurs d'estomac. À qui appartenait-elle? À une femme qu'il avait fait monter dans son camion pour mieux la sauter? « Pis après ça, je suppose que ta pute en a débouché une à ma santé! » Improbable scénario d'une Loretta malicieuse qui ne manquait jamais d'imagination pour lui soutirer des aveux. Avec le temps, il ne se justifiait plus, se contentait de répéter que c'était elle, Loretta Chartier, qu'il aimait. Ne lui mentait-il pas en pleine face? Tendre fidèle, il la berçait dans ses bras, la cajolait, la bécotait, lui jurait sincèrement que personne d'autre ne le comblait mieux qu'elle. Mais elle s'obstinait, hargneuse, intraitable. Sa jalousie frisait la démence.

Depuis la mort tragique de son mari, elle traînait une épouvantable culpabilité. Le matin de son dernier voyage, juste avant son départ, elle lui fit encore une scène. L'altercation fut particulièrement virulente. Elle l'engueula, le couvrit d'injures et de bêtises toutes plus injustifiées les unes que les autres, le harcela sans cesse pendant qu'il se préparait, le frappa. Convaincu de n'avoir rien à se reprocher, impatient de sillonner les routes, bien assis derrière son volant, il lui envoya des baisers. « Tu peux te les mettre où je pense! Reviens pus jamais, Wayne Wilson, tu m'entends, *never again*! » Penchée à la fenêtre de sa chambre, Clarisse pleurait à chaudes larmes.

*

Quand il se pointa une semaine plus tard, portant une camisole blanche sur son torse velu, elle eut la confirmation que cet homme lui plaisait beaucoup. Sa seule présence la faisait fondre.

Migraineuse, Loretta éteignit ses fourneaux et partit se coucher. « Finis la vaisselle, je te donnerai congé demain. Pis lui, ben, tu le crisses dehors, OK ? » Elle acquiesça sans regarder sa mère. Décidément, il ne semblait pas vouloir partir. Elle se retrouvait donc seule avec lui.

Accoudé au comptoir, sûr de lui, il attend. Elle se confond en excuses une fois de plus, lui dit qu'elle doit fermer. Il saute aussitôt par-dessus le comptoir, lui baragouine des propos indécents qu'elle a de la difficulté à saisir. Elle pense que ce n'est pas possible de bondir comme ça, il a l'agilité d'un loup. Qui est cet homme ? Il la prend par la taille, elle recule un peu mais n'a pas peur, elle est juste troublée, il la presse contre lui, l'entraîne vers la cuisine, contre l'évier rempli de vaisselle sale, ses yeux rougeoient, il remonte sa jupe, baisse sa petite culotte, la pénètre en poussant dans son oreille un horrible feulement, elle s'agrippe à ses poils, les lui arrache, retient ses cris, elle ne connaît même pas le nom de cet homme, elle le lui demande pendant qu'il continue de s'enfoncer en elle avec la même fougue, la même force, la même folie, il balbutie « Alwyn », ou quelque chose de semblable, Loretta ronfle à l'étage, *moi la niaiseuse, je souris,* mais lui ne voit ni son sourire ni ses horribles dents, il chuchote son nom à son oreille pendant qu'il éjacule, elle a la désagréable impression d'une intense brûlure, d'un jet de feu répandu partout en elle comme une marée noire…

*

Elle se réveilla en pleine nuit, mit quelques secondes avant de reconnaître les lieux. Son angoisse dissipée, la mémoire doucement lui revint. Alwyn l'avait prise et, après qu'elle se fut évanouie, s'était sauvé comme un malfaiteur. Il lui avait laissé un billet de vingt dollars. Devait-elle s'en offusquer ?

Elle posa la main sur son ventre. *C'est chaud.* Elle se sentit défaillir, s'accrocha au bord de l'évier. Le visage de l'homme lui apparut tout au fond, son sourire fendu jusqu'aux oreilles, son regard perçant. L'image la chavira davantage. Pour la chasser, elle ouvrit le robinet d'eau froide. Le visage se dilua lentement. Dès cet instant, elle comprit qu'elle ne se débarrassait pas de lui avec facilité. Rien désormais ne serait pareil. Elle allait tôt ou tard recroiser son chemin.

M'man sera pas contente de trouver la cuisine en désordre demain matin, je vas y laver sa vaisselle. Elle se remit au boulot. Au bout d'un moment, exténuée, elle s'avoua vaincue. Elle monta se coucher, laissant une pile d'assiettes sales sur le comptoir, comme une faute inavouable.

*

Quand son ventre se mit à grossir, sa mère s'abstint de la féliciter. Elle lui balança plutôt une bonne paire de claques. Clarisse retint ses larmes. Les clients finirent bien par s'apercevoir de son état mais ne posèrent aucune question. Les habitués surtout se tinrent cois par crainte de se voir accusés d'une fausse paternité. Il fallut trouver un nouvel uniforme. Loretta s'en chargea auprès d'une amie couturière à qui elle se confia. « Si je mets la main sur le maudit cochon qui l'a engrossée, c'est ben simple, je le coupe en tranches minces, pis j'en fais du bacon ! »

Loretta ne le lui demanda qu'à une occasion, au sixième mois de grossesse, pendant que mère et fille finissaient de nettoyer la cuisine. La question tomba comme un couperet. « Qui c'est ? » Elle fit semblant de ne pas avoir entendu. Sa mère éleva le ton. « Le père, son nom, c'est quoi ? » Elle se sentit coincée. « C'est pas important. Il est venu rien que deux fois. C'est pas un habitué. Je l'ai jamais revu. »

C'était la vérité. Elle le lui jura. L'explication sembla satisfaire sa mère. Mais le problème restait entier. « Tu vas m'aider comment avec un p'tit à torcher ? » Clarisse haussa les épaules. Elle n'avait pas encore appris à voir plus loin que le bout de son nez. Il était désormais trop tard pour envisager une solution radicale. « Ma fille, avec une bouche de plus à nourrir, attelle-toi, ce sera pas facile. » Sa mère avait dit ça brutalement mais sans méchanceté. La vie était ainsi faite pour elle. Ce n'était pas la première épreuve qu'elle traversait.

« Pis tu penses l'appeler comment ? » Clarisse réfléchit juste pour la forme. « Alvine. » Loretta trouva ce prénom bizarre, mais n'en fit pas la remarque. De toute façon, cet enfant ne serait sûrement pas beau, vu que sa fille en personne n'avait rien d'une reine de beauté. Quant au père, elle ne pouvait en juger. Un prénom laid pour un bébé laid, c'était une vérité aussi incontestable que deux et deux font quatre.

*

Elle n'interrompit pas ses activités durant sa grossesse. Elle n'en avait pas la moindre intention, sachant que sa mère ne se passerait pas d'elle. Il n'était nullement question de repos. D'ailleurs, Loretta tenait pour acquis que sa fille serait à ses côtés jusqu'au jour où l'enfant naîtrait. Et après ?

Clarisse avait pris beaucoup de poids. Le pire, c'était cette sensation de brûlure qu'elle ressentait dans son ventre. Le bébé semblait en lutte constante. Il lui assénait des coups de pied et des coups de poing. Elle n'en parlait pas à sa mère. Cette pauvre Loretta, elle en avait plein les bras avec les responsabilités qui lui incombaient, *c'est pas elle qui va me plaindre, de toute manière, je cherche pas à me faire plaindre, je mérite mon sort.* La douleur était parfois si forte qu'elle la pliait en deux. Clarisse s'enfermait dans la grande armoire de la cuisine pour souffrir et pleurer à l'abri des regards. Sa mère découvrit sa cachette. « Qu'est-ce que tu fabriques là-dedans, ma fille ? T'es-tu en train de devenir folle ? » Elle s'essuya les yeux en vitesse, attrapa un plateau au passage et, sans avoir répondu, fila faire le service.

Elle demanda à sa mère s'il ne serait pas plus prudent de consulter un médecin avant l'accouchement. Loretta lui répondit qu'elle ne faisait pas confiance aux hôpitaux, la pire place pour tomber malade,

et à leurs docteurs bien payés. Georgette Granger, une sage-femme en qui elle avait pleinement confiance puisqu'elle avait mis Clarisse au monde, viendrait bientôt l'examiner. Il serait toujours temps d'y voir si ça tournait mal.

« Ça se présente bien. Tu vas accoucher d'un gros bébé. Tâche de te reposer un peu », lui conseilla la sage-femme quelques jours plus tard. Clarisse la remercia, n'en dit pas plus. *C'est-tu ça, être seule ?*

*

Loretta n'oublierait jamais la nuit avant l'horreur. Elle fit des rêves peuplés de décombres qui valsaient en tous sens, de corps mutilés prisonniers de tourbillons destructeurs. Telle une souveraine tyrannique, une tornade sans pareille occupa tout l'espace de son sommeil.

Ses cauchemars la réveillèrent plus tôt que d'habitude. Elle se leva péniblement, prépara sans entrain le déjeuner de sa fille. Par curiosité, pressentant une catastrophe, elle alluma la télé, ce qu'elle ne faisait jamais le matin, afin de suivre le résumé des infos de la veille. On y montrait des images saisissantes de dévastation. Transposés dans la réalité, ses rêves prenaient tout à coup une tournure tragique. Ses inquiétudes grimpèrent d'un cran. Wayne ne couvrait-il pas le territoire du Kansas ? Nerveuse, elle se rapprocha du petit écran. Son regard fut happé par la carcasse d'un camion renversé sur le côté. Bien en vue, le nom de la compagnie pour laquelle bossait son mari y apparaissait. Elle s'assit dans son fauteuil, sonnée. Un coup de massue en plein front ne l'aurait pas assommée davantage.

Lorsque sa fille se pointa dans la cuisine, elle n'en eut pas connaissance. Clarisse s'approcha de sa mère, la secoua pour la sortir de sa torpeur. Loretta soudain la serra dans ses bras et, sur un ton prophétique, lui dit qu'un grand malheur était peut-être arrivé à son père. Pour le moment, il fallait attendre et prier, même si Dieu lui importait aussi peu que des chiures de mouches.

19

À l'école, Clarisse passa une mauvaise journée, son attention constamment contrecarrée par les propos alarmants de sa mère, son esprit échafaudant mille et une hypothèses terrifiantes. Lorsque la cloche retentit, à la fois impatiente et anxieuse, elle courut vers la maison. Sa mère suait derrière ses fourneaux. Elle prit des nouvelles. Loretta n'en savait pas plus. « Monte faire tes devoirs », lui ordonna-t-elle.

Le soir même, elles reçurent la visite des policiers. Loretta encaissa le choc avec plus de calme qu'elle ne l'aurait cru. Au fond d'elle-même, elle s'y attendait. Elle aurait plus tard l'occasion de piquer une crise. Clarisse comprit que son père était porté disparu. Ses chances de survie relevaient du miracle. Une immense tristesse se répandit en elle et se figea comme la surface d'un lac gelé. Elle se sentait emprisonnée.

Après avoir mis sa fille au lit, Loretta, épuisée, se coucha à son tour. En éteignant sa lampe de chevet, elle se souvint des paroles fielleuses et cruelles qu'elle avait jetées au visage de son mari juste avant son départ. Repentante, elle parvint à s'endormir sans voir la tête de Wayne sur son oreiller lui faire dans le noir un tout dernier clin d'œil.

*

Elle perdit ses eaux pendant qu'elle regardait son téléroman préféré. À l'écran, un couple à moitié nu échangeait un baiser. Elle se mit à crier comme si un raz-de-marée venait de la submerger. En catastrophe, sa mère arriva dans le salon, lui dit d'aller s'étendre sur son lit, de se tenir tranquille en respirant fort, pendant qu'elle mettait l'eau à bouillir et téléphonait à la sage-femme.

L'accouchement eut lieu dans d'interminables hurlements. Clarisse, affolée, souffrait beaucoup. Dès qu'elle fermait les yeux, elle apercevait le regard de l'homme responsable de son état. *Je t'en veux à mort !* Sa mère avait beau lui tapoter la main, lui éponger le visage, elle disait que ça brûlait en dedans. Cette chaleur intense, elle l'avait ressentie entre ses hanches durant sa grossesse. *Crève en enfer, mon salaud !* « Au feu, les pompiers, au feu ! » La sage-femme n'en faisait pas de cas. C'était simplement du délire. Loretta, elle, s'inquiétait. Elle se voyait mal devenir grand-mère avec un enfant sur les bras.

Une boule de poils noir charbon apparut entre ses cuisses. Georgette saisit la tête, ordonna de pousser encore plus, tira à son tour, libéra la mère de ses souffrances. « C'est un gros garçon ! » s'exclamat-elle en coupant le cordon. Clarisse se calma. « C'est fini, ma fille, tu peux dormir, t'as ben travaillé. » Elle ne se laissa pas prier. Épuisée, elle sombra. Derrière ses yeux, l'image de l'énigmatique géniteur fut emportée dans un tourbillon d'eaux sales. Clarisse avait noyé le feu. Elle était en paix.

Au réveil, elle trouva son bébé endormi à côté d'elle. Il semblait normal. Elle passa plusieurs fois sa main dans ses cheveux noirs, sentit une petite excroissance pointue sur le côté gauche du crâne, pensa qu'il s'agissait sans doute d'un simple signe distinctif, comme une tache de naissance. « Tu t'appelleras Alvine. Pis ta corne sur ta tête, ça me dérange pas. Mais ça va rester entre nous deux. »

*

L'enfant passa ses premiers mois sur un matelas de fortune derrière le comptoir du restaurant. Les clients, curieux ou non, jetaient inévitablement un œil sur lui. Ils se doutaient fort bien que le père devait être un des leurs, mais nul ne savait qui au juste. On en vint à jaser de ce mystérieux individu comme de l'existence de Dieu.

Loretta continuait de remplir des estomacs creux. Quand elle sortait de sa cuisine, elle ne manquait pas de se faire taquiner sur son nouveau statut de grand-mère. « Un coup de vieux, c'est ça que ça donne ! » rétorquait-elle aux camionneurs avec son habituel franc-parler. Rassurants, les clients n'avaient que des bons mots pour elle. « Loretta, t'as jamais été belle de même. » Ils étaient trop gentils. Sceptique, elle retournait décrotter ses fourneaux.

À vrai dire, elle ne nettoyait pas fort, sauf la vaisselle qu'il fallait laver chaque soir si elle voulait s'en servir le lendemain. Elle était capable de passer des semaines dans la même saleté. Elle manquait d'énergie pour la propreté et ne pouvait obliger sa fille à trimer davantage.

Quand Alvine s'agitait trop dans son lit, Clarisse le calmait avec un biberon qu'elle gardait toujours près de la caisse enregistreuse. Et s'il n'avait pas soif? Elle le gavait quand même. « C'est vraiment un *gros* bébé », affirmait-on en le voyant. L'insistance sur le mot *gros* ne semblait pas la choquer. Il était plutôt rond pour son âge, pareil à n'importe quel enfant gorgé de lait. Aux dires de Georgette, c'était un bébé en santé.

Ses cheveux poussaient vite. « Faudrait lui faire une coupe », lui suggéra Loretta. Clarisse s'empressa de répondre qu'elle s'en occuperait. *Je veux surtout pas que quelqu'un voie la corne de mon fils*, comme s'il s'agissait d'une tare, d'un vice caché, d'un secret honteux. Cette fois-là, Alvine ayant à peine quelques mois, sa mère découvrit, à côté de l'autre, la présence d'une deuxième excroissance. Elle en fut surprise. *J'en suis certaine, ç'a poussé après*, Clarisse avait vérifié à maintes reprises. Pour que personne ne s'aperçoive de la présence des cornes, elle décida de lui laisser suffisamment de cheveux sur le dessus de la tête.

J'ai-tu accouché d'un monstre? Elle ne répondait jamais à cette question, préférait l'oublier, la laisser s'échapper de son esprit, planer dans les odeurs de bacon. Derrière le comptoir, Alvine tétait sa suce ou son pouce. Goutte à goutte, son biberon coulait sur son pyjama. L'enfant sentait le lait suri et la couche pleine.

*

« Qui c'est l'écœurant qu'a porté plainte? » s'écria Loretta quand elle reçut l'avis d'inspection de la ville. Bien entendu, Clarisse n'y était pour rien. « S'il le faut, on va passer la nuit à tout nettoyer. Donne sa suce au bébé pis viens m'aider. » Clarisse ne se fit pas prier, tenta même de se montrer rassurante. « Ça doit être une inspection de routine, m'man, comme la dernière fois. » La dernière fois, justement, elle avait failli mourir d'une syncope lorsque les deux inspecteurs s'étaient mis à scruter son restaurant à la loupe, impatients d'y dénicher la moindre vermine. Heureusement, ils s'en étaient retournés bredouilles, sourires en coin, partie remise, madame. « Pourquoi ils s'acharnent sur du pauvre monde comme nous autres ? »

Découragée, elle se mit à sangloter. Clarisse voulut la consoler, mais Alvine fit entendre un cri de frustration : il avait perdu sa suce. Prise entre deux feux, elle s'empressa de lui donner son biberon et revint réconforter sa mère. « Voyons don', m'man, t'as déjà vu pire. Secoue-toi un peu si tu veux qu'on passe à travers. » Elle se laissa tomber dans ses bras. « Pus capable, Clarisse, pus capable... » Sa fille la remit sur ses pattes. « Va te coucher, je m'occupe de tout. »

Avec la meilleure volonté du monde et l'énergie du désespoir, Clarisse, tout en chantonnant pour endormir son fils, ne ménagea aucun effort, redoubla d'ardeur. Elle se rappela le moment où elle s'était retrouvée seule dans la cuisine avec Alwyn, se dit qu'elle en payait le prix, mais refusa de se laisser envahir par son ressentiment. Elle essayait juste d'être une bonne fille et une bonne mère qui devait désormais composer avec la réalité. *Mon enfant est cornu. Il aurait une trompe d'éléphant, pis après ?*

Quand elle découvrit, en déplaçant une bouteille de liquide à vaisselle, trois grosses coquerelles, elle poussa un cri, recula, comme si on l'attaquait, le temps que les bestioles affolées disparaissent dans une fente du plancher. Que faire ? Appeler un exterminateur malgré l'heure tardive ? Pouvait-elle prendre cette décision ? Sa mère en avait-elle les moyens ? *Demain, les inspecteurs trouveront rien, ç'a trop peur du monde, ces bibittes-là.*

*

Clarisse dormait par terre, son fils blotti contre elle, lorsque Loretta descendit allumer ses fourneaux. Ça n'avait jamais été aussi propre, aussi en ordre, constata-t-elle. Jusqu'à l'arrivée du premier client, elle la laissa tranquille. Après tout, ce repos, elle ne l'avait pas volé.

Les inspecteurs de la ville vinrent vérifier la salubrité du restaurant. Ils découvrirent, en train de se disputer quelques miettes de pain noir, une colonie de coquerelles derrière le frigo. Loretta eut beau protester qu'elle n'était pas capable de nettoyer là, un endroit difficile d'accès, si elle avait pu, bien sûr qu'elle l'aurait fait, pourquoi exiger d'elle l'impossible ? « Vous comprenez, je suis toute seule avec ma fille et son bébé. Je sue comme un cochon au-dessus de mes fourneaux. Ça me prend tout mon petit change pour joindre les deux bouts. Soyez indulgents. »

Fort peu amènes, ils lui ordonnèrent de faire disparaître la vermine à ses frais, dans un délai de quarante-huit heures, sinon ils devraient procéder à la fermeture de l'établissement. « On a déjà eu des plaintes pour insalubrité, madame, les règlements sont stricts. » Aussi bien dire qu'elle était une crottée !

Non, elle ne le prenait pas. Après ces longues années passées à servir la même clientèle affamée, elle se sentait trahie. Du matin au soir, elle en avait bossé un sacré coup, soucieuse de garder la tête hors de l'eau. Là, vraiment, elle coulait à pic. Pour se débarrasser de ces répugnants insectes, elle pourrait trouver de l'argent, quelques centaines de dollars, ce n'était pas une fortune, mais le sentiment d'échec qu'elle vivait lui pesa soudain. Elle aurait souhaité exterminer sa vie, son passé de femme seule depuis la mort de son mari, sa médiocrité, sa pauvre fille pourtant si dévouée, et ce gros garçon laid condamné à grandir entre les tables d'un restaurant crasseux, sous le regard de tous, cet enfant sans père, qui se traînait un peu partout comme de la vermine mais refusait de marcher.

Alvine entend sa grand-mère pleurer. Il la sent rongée par le désespoir. Ses yeux sont rouges de colère, rouges d'indignation, rouges de peine. Sa tête lui fait très mal. Il se tire les cheveux, hurle, se tord, enragé noir. Clarisse se précipite vers lui. Dehors éclate un orage. Elle essaie de lui donner son biberon. Il le rejette. « Alvine, mon bébé, un petit effort ! » Elle ne l'a jamais vu comme ça. Des trombes d'eau s'abattent sur le restaurant.

« Clarisse, viens m'aider ! » Loretta est tombée face contre terre en essayant de déplacer le frigo. « Je voulais rien qu'aller les tuer moi-même, ces maudites bestioles, mes jambes ont lâché, je crève, ma fille, pis j'ai peur ! » Clarisse prie sa mère de s'accrocher, de ne pas l'abandonner, elle a beau être majeure, elle a encore besoin d'elle. « Qu'est-ce qui va m'arriver, m'man, si tu meurs ? » La foudre déchire le ciel. Clarisse court chercher l'aide des routiers. Ils sont déjà là, alertés par le remue-ménage, ils ont vite compris que quelque chose ne tourne pas rond. Un premier client essaie de calmer Alvine. *Mon fils se débat comme un diable dans l'eau bénite.* Ses yeux sont injectés de sang, sa respiration est bruyante et saccadée. Le tonnerre gronde. Deux autres habitués essaient de soulever Loretta. La crise d'Alvine ne dérougit pas, ni le déluge. *C'est la fin du monde, comme quand p'pa est mort !*

Dans ses souvenirs de petite fille, Clarisse, à côté de sa mère inconsolable, se tenait debout devant une tombe scellée. Sa poupée de chiffon sous son bras, elle paraissait pétrifiée telle une statue de marbre. Affalée sur le cercueil, Loretta criait et pleurait sans arrêt. Devant Clarisse, des gens défilaient, l'étreignaient, lui tenaient des propos réconfortants. Impassible, muette, elle semblait plus morte que vivante. Elle ne comprenait pas pourquoi la tombe n'était pas plus grande. Elle pensa qu'elle pourrait y prendre place, mais pas son père. En silence, elle refusait de le voir disparaître à jamais…

Délestée du poids de sa triste existence terrestre, l'âme de Loretta se mit en quête d'un coin d'éternité où régnait le beau temps. Alvine, quant à lui, se calma tout à coup. Appuyé au comptoir, en équilibre instable, poussé par la curiosité, tandis que tables et chaises s'écartaient sur son passage, il fit seul ses premiers pas.

Dans quel guêpier t'es-tu fourrée ?

Chez Mortimer, Rosario, Carmina et Lucinthe, comme un rituel, on sirotait l'apéro en discutant des nouvelles de la journée. Clarisse finissait de préparer le repas du soir. Son fils refusait toute nourriture. « Si tu veux devenir fort, faut que tu manges. Fais plaisir à maman. » L'enfant dévisagea sa mère. Il ne semblait pas comprendre pourquoi elle insistait.

Il lança son assiette sur le plancher. « Ah non! Pas ça! Mal élevé! » Clarisse le disputait. Il se mit à pleurer. Ses yeux rougirent. Habituée à ses colères, elle lui ordonna de se calmer sur-le-champ. « Fâche-toi pas. Tu le sais que ça marche pas avec moi, ce petit jeu-là. » Il décida de prendre sur lui. Il allait attendre que les autres se mettent à table pour causer encore plus de dégâts.

*

Après les funérailles de Loretta, Clarisse accrocha la pancarte *Fermé* à la porte du restaurant et se retira dans l'appartement avec son fils. Vivant du maigre héritage laissé par sa mère une fois ses dettes remboursées, elle y resta plusieurs mois à cajoler son enfant, à débusquer le fantôme de Loretta, se questionnant sur la suite à donner aux événements.

Quand Pedro Lopez, un camionneur qu'elle aimait tel un frère, annonça son arrivée à grands coups de klaxon, Clarisse, sur un coup de tête, ramassa ses cliques et ses claques et ordonna gentiment à son ami de la conduire dans la grande ville où, croyait-elle, elle avait rendez-vous avec une nouvelle vie. Pour tout bagage, elle emporta une valise de vêtements, un sac de couches et cent dollars. Alvine parut excité à l'idée de monter dans un gros camion semblable à ceux qui se stationnaient devant chez lui.

Durant le trajet, Pedro, plus bavard qu'une pie, s'empressa de raconter son histoire. À vingt ans, alors que des patrouilleurs américains lui tiraient dessus, il traversa la frontière mexicaine à ses risques et périls. Par miracle, il ne fut ni blessé ni capturé. Bien que considéré comme immigrant illégal, vivant dans la clandestinité, il réussit à décrocher divers petits boulots. Grâce à une amie commune, il rencontra Rosie, une avocate dont il s'amouracha et qu'il épousa, sans qui il ne s'en serait jamais sorti. Après quelques déboires, il vint s'établir ici et apprit rapidement le français. Il aimait tant sa femme et ses trois enfants qu'il s'en émouvait parfois jusqu'aux larmes. « Tou dévrais les connaître, ils sont merveilleux! Tou as dé la chance d'avoir Alvine. » Elle n'en était pas toujours certaine. Il aurait été tellement plus facile pour elle de partir seule. Et rester pour prendre la relève de Loretta? Non, elle en avait assez de cette existence. Elle pouvait échapper à la mentalité fataliste de sa mère et trouver mieux ailleurs.

Pedro lui parla d'une communauté religieuse, refuge pour les immigrants et les plus démunis, qui l'aiderait avec plaisir. Les sœurs étaient extrêmement gentilles et elles adoraient les enfants. Maladroitement, pendant qu'il conduisait, il griffonna l'adresse sur un bout de papier. Sitôt rendue dans la grande ville, elle irait sonner à cette porte. « Tou leur dira qué c'est moi qui t'envoie. »

Il les déposa au coin de la rue à sens unique où habitaient les petites sœurs. Il leur souhaita bonne chance avant de repartir livrer sa marchandise. Alvine d'une main, sa valise de l'autre, elle lut 317 au lieu de 319, trop énervée pour s'apercevoir de sa méprise. Elle frappa donc chez les voisins.

Une femme lui ouvrit. Clarisse se donna un air distingué. « Bonjour, madame, je viens de la part de Pedro. » Lucinthe dévisagea cette pauvre fille perdue, comprit qu'il y avait erreur sur la personne. « J'ignore qui est votre Pedro, mais vous tombez bien. On se cherche justement une bonne à tout faire. Ça vous intéresse? Vous gagnerez moins que le salaire minimum vu que vous avez un enfant à charge et qu'il faudra payer pour lui. » Clarisse acquiesça volontiers. Promptement, la chance venait de la cueillir sur le seuil de cette porte. Elle s'en félicita.

Ils entrèrent dans un immense appartement où vivaient deux couples. « Vous vous installerez ici, au rez-de-chaussée, dans cette chambre, avec votre fils. Nos quartiers à nous sont à l'étage. Vous savez cuisiner, j'espère ? » Clarisse, qui avait vu sa mère tourner des œufs et faire rôtir du bacon jusqu'à en mourir, mentit en prétendant qu'elle était bonne cuisinière. « C'est bien. Prenez le temps de ranger vos bagages. Après ça, je vous ferai visiter les lieux. Décidément, la Providence vous envoie ! »

La chambre était très grande. Elle s'assit sur le lit avec Alvine. À peine arrivée, elle avait déjà un toit, un travail, trois repas par jour. C'était plus que ce qu'elle avait espéré. *Loretta, je te dois gros, merci de veiller sur nous.*

*

Clarisse subissait un train de vie pire que celui qu'elle menait au restaurant de sa mère. Elle bossait sept jours sur sept, époussetait, nettoyait, récurait, frottait, cuisinait, sans compter qu'elle devait constamment avoir un œil sur ce fils qui ne se faisait pas prier pour fouiner partout depuis qu'il tenait sur ses deux pattes. Le soir, crevée, elle s'enfermait dans sa chambre avec Alvine. Elle essayait de l'endormir le plus tôt possible afin de s'adonner à la lecture de livres de recettes trouvés dans une vieille armoire.

Les premiers temps, elle fit amende honorable, avoua qu'elle avait une certaine expérience culinaire seulement pour les déjeuners. Ses maîtres, ainsi nommés à défaut d'un titre plus convivial, lui pardonnèrent quelques repas ratés, sauces trop fades, gâteaux trop durs, viandes trop cuites. Mais elle apprit vite à corriger ses erreurs. Ces gens avaient été si gentils de les accueillir, elle ne devait surtout pas les décevoir. Ils ne se plaignaient pas trop, en parlaient entre eux. Cette fille était parfaite pour ce qu'elle coûtait.

Durant le jour, seule à l'étage, Lucinthe restait à la maison. Clarisse l'entendait remuer, écoutait sa musique. Elle ne la dérangeait pas. À l'heure du dîner, elles bavardaient ensemble. Leurs discussions, banales, tournaient autour de la pluie et du beau temps. Une fois par semaine, Lucinthe se chargeait des courses, lui demandait sa liste d'épicerie et revenait les bras chargés de sacs. Elle n'oubliait pas les couches pour Alvine à qui, du reste, elle ne manifestait pas d'intérêt. Quant aux autres, pareils à la majorité des gens, ils partaient travailler le matin et rentraient fourbus le soir.

Clarisse ne se montrait pas trop curieuse. Elle s'arrangeait pour respecter ses maîtres, ne posait jamais de questions. Au début, cependant, elle désira savoir qui était avec qui. Rosario aimait Lucinthe. Mortimer semblait bien s'entendre avec Carmina. C'étaient du moins les conclusions qu'elle tira de leurs façons d'agir à table. La bienséance était de mise, chacun plein de petites attentions pour l'autre : pas un mot de trop, aucune agressivité, l'entente idéale.

Un matin, puisqu'elle se levait avant tout le monde, elle eut l'occasion de vérifier cette première hypothèse en montant à l'étage. Elle vit Rosario et Lucinthe couchés ensemble, Carmina et Mortimer endormis côte à côte. Elle sembla rassurée, comme si elle avait pu croire un instant qu'il en était autrement.

Un autre matin, elle monta sans intention aucune et eut la surprise de découvrir que les rôles étaient changés. Lucinthe et Mortimer occupaient le même lit. Dans la chambre voisine, Carmina et Rosario dormaient dur comme fer. Il s'agissait donc d'un ménage à quatre. Elle qui n'avait de l'amour qu'une seule et même vision confirmée par les routiers, jeunes et vieux, qui parlaient des leurs avec émotion, elle jugea bien étranges les mœurs de ses maîtres. Elle n'en souffla mot à personne. À qui se confier ? *Mes parents sont morts. Alvine est encore trop petit.* Toute sa vie tenait à son boulot et aux soins qu'elle prodiguait consciencieusement à son fils. Elle ne sortait jamais, ne rencontrait personne d'autre que ses maîtres, menait une existence de cloîtrée. *Pis dire que j'étais supposée débarquer chez des pisseuses!*

Un soir, Lucinthe la réclama. Clarisse monta rapidement l'escalier, aperçut en haut Mortimer et Rosario qui s'embrassaient. Elle ne fit semblant de rien. « Ça vous scandalise? » la nargua Carmina. Les deux hommes défirent leur étreinte. Elle bafouilla, dit qu'elle comprenait, ce n'était pas ses oignons, elle faisait son travail et espérait que ses maîtres appréciaient ses services. « On vit à quatre parce qu'on s'aime tous les quatre », précisa Mortimer. Soucieuse de changer de sujet, elle demanda à Lucinthe pourquoi elle l'avait fait venir. « Au fond, pour rien, ou peut-être juste pour vous montrer comment... Ah, tant pis. Bonne nuit. »

Elle s'enferma dans sa chambre avec Alvine. Elle pensa que si Rosario et Mortimer s'aimaient, Lucinthe et Carmina aussi probablement. Elle ne s'endormit pas avant d'avoir contemplé la pureté et l'innocence de son fils.

*

Elle l'avait remarqué mais ne voulait l'admettre. *Ça a pas de sens, Mortimer me fait les yeux doux.* Quand elle servait les repas, il ne cessait de la dévorer du regard. La dernière fois qu'un homme lui avait manifesté du désir, c'était Alwyn, et elle en avait perdu ses moyens. Mortimer, lui, ne produisait aucun effet chez elle, à part la gêne qu'elle éprouvait lorsqu'il la reluquait de manière insistante. Il était toujours le dernier à sortir de table, attendait que les autres regagnent leurs appartements avant de monter à son tour. Il tenait à la complimenter dans le creux de l'oreille. Intimidée, elle ne manquait jamais une occasion de le remercier. Depuis son arrivée, elle s'était obligée à sourire le plus possible. Tant pis pour ses dents croches, le plus important était de plaire à ses maîtres. « Vous êtes trop gentil, je fais juste mon travail. » Il s'approcha, glissa sa main jusque dans le bas du dos. Elle eut un mouvement de recul. Alvine voyait tout. « Non, monsieur, s'il vous plaît… » Son fils se mit à pleurer, ce qui lui donna l'occasion de se dégager d'une étreinte de plus en plus pressante. « Excusez-moi, Alvine a faim. » Frustré, Mortimer battit en retraite et disparut dans l'escalier.

Le soir, alors qu'ils veillaient au salon, la maison se remplissait d'effluves âcres, mélange d'essences indéfinissables, que Clarisse n'arrivait pas à supporter. Même enfermée dans sa chambre, elle ne pouvait s'empêcher d'en être incommodée. *Je m'ennuie tellement de l'odeur de bacon de m'man.* Loretta veillait-elle toujours sur eux?

Son fils dormait. Il était plus que raisonnable, s'amusait avec peu de choses. Il affectionnait un vieux chaudron sur lequel il tapait avec des ustensiles en bois. Il ne possédait pas de vrais jouets comme les enfants de son âge. Clarisse n'avait jamais le temps d'aller lui en acheter avec les gages qu'elle gagnait. Cet argent, destiné aux jours meilleurs, elle le cachait dans le tiroir de sa table de chevet.

En pleine nuit, on cogna à sa porte. C'était inhabituel de la déranger ainsi. Par crainte de réveiller Alvine, elle ouvrit avec précaution. Mortimer, en robe de chambre, lui sourit, bredouilla des explications confuses. « De l'aspirine, c'est-tu ça que vous voulez? » Elle se méfia. « Oui, c'est ça, on en manque en haut. » Elle passa devant lui, il la suivit, elle sentit qu'elle devait faire vite. Mais par quels moyens se dérober s'il se montrait trop insistant?

« Y a beaucoup mieux… » Elle feignit de ne pas comprendre. Il passa ses mains autour de sa taille, l'embrassa sur la bouche, elle ne lutta pas, il lui demanda de se dévêtir en lui chuchotant qu'il voulait sentir sa peau. Elle aurait pu lui rétorquer de s'adresser à Lucinthe, Carmina ou bien Rosario, et le supplier de la laisser tranquille. Il la caressa debout contre le mur, elle retint sa respiration, pensa à son fils qui baignait dans le sommeil profond de son insouciance.

Il n'alla pas plus loin. Il la remercia, la complimenta sur la douceur de sa peau, lui souhaita bonne nuit en l'étreignant encore. Bouleversée, elle attendit quelques minutes avant de regagner sa chambre.

*

Le lendemain, alors que Clarisse tentait d'oublier la nuit qu'elle venait de passer, Lucinthe lui annonça la tenue d'une fête le soir même. « J'ai acheté un petit cochon de lait. On va être six à table. Arrange-toi avec ça. » *Me débrouiller avec un cochon...*

Le défi était de taille. Elle s'empressa de fouiller dans ses livres de cuisine afin d'y dénicher une recette. Lucinthe revint sur ses pas. « Surtout, tu le fais cuire avec la tête. En entier, c'est ainsi qu'on l'aime. » Était-ce clair ? « Oui, madame. »

Elle le badigeonna généreusement d'huile, de moutarde forte, le fourra avec une farce bien grasse comme pour une dinde, le piqua de gousses d'ail et d'oignons blancs et le mit au four, sans négliger de l'arroser de temps en temps à l'aide d'une poire à jus, instrument qui amusait son fils. Très impressionné par le groin et les oreilles de la bête, Alvine ne se lassait pas de regarder sa mère travailler. « OK, répète après moi : oreille. » Il aimait répondre à ses demandes. « Oui, madame », dit-il en éclatant de rire. Elle essuya ses mains sur son tablier, serra son fils dans ses bras. « T'es mon amour. Par chance que t'es là. Je t'aime. » L'enfant prit plaisir à répéter « t'aime ». « Nos maîtres reçoivent de la visite à soir, tu vas manger avant les autres et après tu t'en iras jouer tranquille dans la chambre pendant que maman, elle, va servir. D'accord, bébé cornu ? » Il la fixa droit dans les yeux. « 'Cord, m'man co'nue. »

Ils étaient trois couples autour de la table. Les deux invités, dans leurs façons de se comporter, ressemblaient à ses maîtres. Le repas fut impeccable. Le cochon, accompagné des vins les plus capiteux, fit sensation. Inspirée par les photos des livres de recettes, Clarisse lui avait mis une pomme dans la gueule. Les convives le dévorèrent goulûment

35

tels de vrais cannibales aux ventres creux. Pour dessert, ils dégustèrent une bombe Alaska. Les invités trouvèrent ce plat explosif, rirent du jeu de mots facile, n'eurent que des compliments pour la cuisinière qui elle, bien naïvement, se réjouit de leur gentillesse et de leur intelligence. « Où avez-vous déniché cette perle rare ? » Lucinthe répondit qu'il s'agissait d'un heureux hasard de la vie. Mortimer renchérit en prétendant qu'elle était la meilleure bonne qu'ils avaient jamais eue. Clarisse détourna les yeux. « Tu t'es vraiment surpassée. » On l'applaudit. Elle rougit. Elle pensa à ce qui était arrivé la nuit dernière.

Après avoir fait bombance, les invités et leurs hôtes, ogres repus, passèrent à l'étage. Tout en lavant la vaisselle, elle entendait des bribes de conversation que venait parfois couvrir une musique douce, éthérée.

Quand elle eut fini de ramasser, elle rentra dans sa chambre, se déshabilla, fit un brin de toilette, se coucha. Elle était crevée. Alvine dormait. C'était le meilleur enfant du monde. Sa grand-mère serait fière de lui. La soirée, en haut, n'était plus qu'un long murmure musical planant…

Elle fut tirée du sommeil par le cri de quelqu'un qu'on égorgeait. Elle se dressa dans son lit, le cœur battant. Alvine ouvrit les yeux lui aussi, l'air inquiet. Elle le rassura, lui chanta une berceuse, il se rendormit. Elle n'avait certainement pas rêvé puisque son fils s'était réveillé. Elle monta à l'étage.

Le salon n'était éclairé que par la lueur de chandelles disposées en cercle au milieu de la pièce. Tout autour, nus, ses maîtres et leurs invités étaient assis par terre. Ils semblaient baigner dans une méditation profonde. Personne ne la vit. Des parfums inconnus flottaient dans l'air. Elle porta la main à sa bouche pour retenir un haut-le-cœur tant le spectacle la révulsait. Au même instant, elle aperçut, trônant tel un roi déchu, dans une mare de sang, un porcelet semblable à celui qu'elle avait préparé, un couteau planté entre les yeux.

36

Elle descendit en vitesse sans se préoccuper du bruit, faillit manquer une marche, s'enferma dans la chambre. Prise de panique, elle poussa un meuble contre la porte. Elle craignait le pire pour elle et l'enfant. Si ces gens-là se livraient à de si bizarres rites, ils pouvaient leur faire du mal. Elle se recoucha avec en tête une idée : tourner le dos à ces mœurs suspectes, partir dès que l'occasion s'y prêterait, mais quand ? Alvine et elle couraient de graves dangers. L'œil de la nuit, menaçant, la fixait inexorablement. Elle ne réussit pas à dormir.

*

Clarisse était fière de son fils. L'enfant grandissait en sagesse. Son agressivité semblait s'être dissipée. Ce n'était désormais qu'un mauvais souvenir. Il ne ressemblait plus à un gros bébé de lait. Ses premières dents poussaient droit. Il avait de grandes mains et de grands pieds. Pour le vêtir, elle réalisait des miracles, rallongeait son linge à l'aide de vieux tissus découverts au fond d'un coffre de cèdre. Tout en masquant ses cornes, dont émanait parfois une vive chaleur, elle parvenait à lui couper correctement sa chevelure toujours aussi abondante. Avec ses traits affinés, Alvine était un bel enfant à qui la santé souriait pleinement.

Ses yeux constituaient son principal outil de séduction. Une caractéristique étrange, outre ses fameuses cornes, le distinguait d'un bébé ordinaire : ses iris cerclés de rouge. Quand on le regardait, on voyait bien qu'il avait les yeux noirs. Il fallait s'approcher de lui pour remarquer le rouge. Clarisse s'en inquiéta d'abord, pensa consulter un médecin, mais y renonça. *Il a du charme.* Elle se souvint du géniteur. *Ça vient de son père.*

Il continuait son apprentissage du langage, pouvait désormais exprimer ses besoins. Elle lui parlait beaucoup. C'était son seul véritable interlocuteur. Il y avait bien Lucinthe, mais elle n'y tenait pas trop. Ses maîtres lui paraissaient de plus en plus bizarres, de moins en moins fréquentables. Depuis la nuit du porcelet, elle avait songé à leur demander d'augmenter ses gages puisque, selon les convives, elle avait triomphé. Elle méritait plus. Elle s'en ouvrit à son fils. L'enfant sembla comprendre que sa mère travaillait et qu'on lui donnait des sous en échange. « Avec des sous, on peut acheter des cadeaux », précisa-t-elle comme pour lui faire plaisir. Des cadeaux, il ne se souvenait pas d'en avoir déjà eu. Trop occupée à servir ses maîtres, Clarisse n'avait pas souligné l'anniversaire de son fils, même en privé. Quant à la fête de Noël, occasion parfaite pour recevoir des étrennes, il en ignorait l'existence. Ses maîtres ne la célébraient pas.

*

« Le beau garçon ! » s'exclama Lucinthe. Elle prit Alvine dans ses bras, plongea son regard dans le sien, y vit ce cercle rouge autour de l'iris. « T'as des yeux magnifiques ! » Clarisse, mal à l'aise, intervint. « Chéri, laisse madame tranquille, va jouer dans ta chambre. » L'enfant ne demandait pas mieux que d'obéir à sa mère. Il n'aimait pas beaucoup cette femme. Lucinthe resserra son étreinte. Il s'agita, tenta de se dégager, protesta en pleurnichant. « Reste avec moi, voyons, tu me déranges pas du tout. Y a juste les êtres d'exception qui ont des yeux pareils. » Elle souleva l'enfant à bout de bras. « Voudrais-tu être… mon fils ? Il me semble que tu me donnerais une nouvelle jeunesse. » Clarisse n'apprécia pas du tout. *C'est mon bébé à moi, pas à cette Lucinthe en qui j'ai pus pantoute confiance.* Elle vint à sa rescousse, le reprit comme si on lui avait dérobé la prunelle de ses yeux. « Faudrait pas trop le brusquer, madame, des fois, vous savez, il devient agressif. Je voudrais pas que ça arrive ici. Vous êtes tellement bonne pour nous. » Au même moment, Lucinthe trébucha et se frappa la tête contre le frigo. Alvine émit un petit rire de satisfaction. Lucinthe, vexée, se releva. Clarisse essaya de l'aider. Lucinthe la repoussa. Une mère, après tout, ce n'était pas remplaçable. Elle comprenait. Et Alvine n'en avait pas besoin d'une deuxième. Elle retourna dans ses appartements. Elle n'avait pas dit son dernier mot.

*

Mortimer n'était pas revenu cogner à sa porte en pleine nuit. Même si Clarisse le côtoyait chaque jour, elle avait fini par oublier cet écart de conduite attribuable sans doute à un cerveau dérangé. Elle ne ressentait rien pour lui. De toute façon, ces gens-là, ils avaient de bien drôles de mœurs, se raisonnait-elle pendant qu'elle pétrissait de la pâte ou procédait au ménage des chambres. Elle s'abstenait désormais de tout excès de curiosité, ne voulait pas se raconter de nouvelles peurs ou assister malgré elle à quelque démonstration incongrue.

Il récidiva comme un malfaiteur. Cette fois, il eut une singulière initiative qui l'effraya encore davantage : il entra dans sa chambre. Clarisse, croyant que le pire était passé, ne prenait plus la précaution de pousser un meuble contre la porte. Sa présence la réveilla. Elle fit le saut, ramena les draps sur elle. « Monsieur Mortimer, êtes-vous malade ? » Il était en sueur. « Oui, Clarisse, malade de vous. » On ne lui avait jamais parlé ainsi. « Sortez de la chambre, vous pourriez réveiller mon fils », lui ordonna-t-elle poliment. Il l'entraîna hors du lit. Elle n'osa protester par crainte de réveiller Alvine. Il l'amena dans le vestibule, alluma la lampe, lui demanda de se dévêtir, elle s'exécuta non sans hésiter. « Vous voulez quoi, au juste ? » Ce qu'il désirait et qui le mettait en nage rien que d'y penser, c'était l'admirer, toucher sa peau, voler sa fraîcheur, en pleine lumière, la prendre, impudique, affamé. Clarisse lui rappelait-elle un amour lointain, perdu ou jamais consommé ? « Monsieur Mortimer, vous avez tout en haut », lui fit-elle remarquer. « Tout, peut-être, jeunesse en moins. »

Elle aperçut soudain Alvine qui marchait à tâtons dans le couloir. « M'man, où t'es ? » À moitié endormi, l'enfant semblait guidé par leurs chuchotements. Il trébucha sur le portemanteau, se mit à pleurer. Elle se dégagea des mains de Mortimer, lui dit qu'elle ne voulait plus être dérangée. *Tant pis si je perds ma place, ce serait la meilleure chose qui pourrait m'arriver.* Elle se rhabilla maladroitement. « M'man, quoi tu fais ? » Elle prit son fils dans ses bras. « Rien, mon amour. On va se rendormir et rêver ensemble. » Mais qu'avaient-ils tous, dans cette maison, à courir après leur jeunesse perdue ? Alvine sommeillait déjà, la tête appuyée sur le sein de sa mère perplexe.

*

Mortimer ne la regardait plus. Lucinthe, insistante, n'en avait que pour Alvine. « Je veux qu'il partage mes repas. » Carmina et Rosario parlaient peu. Parmi ses maîtres, c'étaient ces deux-là que Clarisse connaissait le moins. Carmina avait une face de vipère. Rosario, lui, ressemblait à une araignée venimeuse.

Si Rosario se taisait, il jouait en revanche avec son couteau, passait lentement ses doigts sur le tranchant. L'atmosphère à table était solennelle, presque lugubre. Le peu de mots qu'ils prononçaient semblait répondre à un code. Du fond de sa cuisine, Clarisse entendait des bribes : lune pleine, désir, fantasme... Du sang coula sur la nappe. Rosario y trempa son couteau, se barbouilla le contour des lèvres, lécha la lame. Après quoi, il gloussa. Les autres l'imitèrent. Clarisse aurait toutes les misères du monde à faire disparaître les taches. Ils préparaient une autre fête comme la nuit du porcelet. Cette fois, elle resterait sur ses gardes.

Ses maîtres se retirèrent. Alvine sommeillait dans sa chaise. Avant de desservir, elle le prit dans ses bras, l'embrassa sur le front, trouva qu'il était chaud. Elle le déposa dans son lit en se promettant de revenir vérifier sa fièvre. Il ne se passait rien à l'étage. Elle serait donc tranquille pour tout ramasser au plus vite.

Je me sens prisonnière. Si au début elle avait été heureuse de trouver un emploi, elle avait depuis compris qu'elle ne pourrait plus rester. Alvine grandissait, demandait à sortir de plus en plus souvent. Il lui faudrait aussi des amis avec qui jouer. Elle-même ne connaissait personne d'autre que ses maîtres. Elle ne fermerait plus encore longtemps les yeux sur leurs petites étrangetés. Malgré ses beaux discours, elle n'aimait pas Mortimer. L'intérêt que Lucinthe portait à son fils lui paraissait de

40

plus en plus malsain. Son instinct maternel se réveillait-il sur le tard ? Lucinthe n'avait pas eu d'enfant. Plus jeune, enceinte à deux reprises, elle n'avait accouché que de la mort. Son ventre était un terreau hostile, un cimetière à fœtus. Quant à Carmina et Rosario, leur discrétion suspecte cachait sûrement des perversions inimaginables. *Je suis écœurée de trimer comme une folle pour eux autres*, avec pour seul avenir l'incertitude et la peur. À une époque pas si lointaine, cette réflexion aurait pu sortir de la bouche de Loretta. *M'man, t'es-tu toujours là ?*

Son fils était encore fiévreux. Elle n'osa pas le réveiller. Il dormait très profondément. Elle se coucha à son tour. C'était calme dans la maison. Elle réussit à trouver le sommeil.

Elle rêve qu'elle se lève, guidée par un vent de musique, léger comme un tulle, de la harpe, pense-t-elle. Elle vole. Ses pieds ne touchent plus terre. La musique la transporte dans une sorte d'état d'apesanteur. Elle-même ne sent plus son corps. Alvine ne se trouve pas avec elle. Sa fièvre est forte. Elle entend des voix, des mots incompréhensibles, se dit qu'elle fantasme. Elle arrive en haut de l'escalier. Là, tout d'un coup, l'atmosphère de légèreté casse net. Nus, ses maîtres forment un cercle, Alvine au centre, nu lui aussi, le crâne rasé, ses cornes bien en vue, son fils endormi, innocent, pendant qu'eux, dans un mouvement coordonné, se lèvent et soulèvent, au-dessus de sa tête, une longue épée…

Son cri la tire de son cauchemar. Au cœur de la nuit, le retour à la réalité est brutal. Elle ne prend pas le temps de réfléchir. Plus une minute à perdre. Elle a tout vu dans son rêve. Elle connaît désormais leurs intentions perverses.

Alvine dort encore profondément. Rien ne semble pouvoir le réveiller. Elle ne fait ni une ni deux, fourre ses affaires dans sa valise, pas le temps de se changer, on décampe ! Elle se revoit descendant du camion de Pedro, quelques mois et des tonnes de poussière plus tôt, *j'en ai torché du monde depuis ce temps-là, moi !*

« Alvine, réveille-toi ! Alvine ! » Bouillant de fièvre, l'enfant roupille toujours. D'habitude, il ne dort pas si dur. Elle ouvre la porte de la chambre et reste saisie d'effroi.

Toutes les lumières sont allumées. Devant elle, formant un mur, se tiennent ses maîtres, nus, le visage strié de noir, du rouge autour des yeux, sorciers grotesques. « Vous partez ? » lance Lucinthe. *Je réponds pas, je fonce tête première.* « Et où irez-vous, pauvre sotte ? » renchérit Carmina, arrogante. Ils lui bloquent le passage. « Vous, pas l'enfant. Il est prêt. Regardez comme il dort bien », dit Mortimer. *Je les laisserai pas faire.* « Il est à nous », précise Rosario d'une voix fluette. Elle bredouille qu'elle leur est reconnaissante de l'avoir hébergée si longtemps, elle n'en peut plus de travailler autant, il faut qu'elle se trouve une nouvelle vie. Ils ne l'écoutent pas. « On le veut ! On le prend ! » clament-ils en chœur. Affolée, elle fonce de plus belle, hausse le ton. « Tassez-vous ! » Dans sa tête, elle lance un appel à l'aide, pense à Loretta qui saurait affronter cette bande de dangereux dépravés. *M'man, fais quelque chose !*

S'ensuit une bousculade. Elle sent qu'on lui arrache l'enfant. Elle crie, laisse tomber la valise, donne des coups de coude, des coups de pied, des coups de tête, crache au visage de Mortimer, mord le bras de Lucinthe, ne lâche pas Alvine, elle est sûre qu'il a été drogué, peut-être va-t-il mourir, mais ils ne l'auront pas, non, ça, jamais !

*

Quelques semaines après l'enterrement de son père, alors que Loretta croyait qu'elle s'amusait sagement dans sa chambre, Clarisse courut jusqu'à la lisière du sous-bois derrière chez elle. Sur place, elle se mit à creuser le sol avec ses mains blanches. La terre s'incrustait sous ses ongles. Elle avait très chaud. Sa mère ne serait pas contente de la découvrir si sale.

Si Clarisse ne pleurait pas, sa poupée de chiffon par contre sanglotait bruyamment. Elle refusait de se séparer d'elle, se débattant comme une enfant opiniâtre. Transpirant de plus en plus sous la belle

42

robe de soie rose qu'elle portait pour cette occasion spéciale, Clarisse restait sourde aux larmes de sa poupée.

Quand elle eut fini de creuser, elle la déposa délicatement dans le trou, lui dit quelques mots en secret et l'enterra. Elle retourna à la maison en chantonnant *Ainsi font font font les jolies poupées de chiffon.*

*

Clarisse fuit dans la nuit. Elle a réussi à s'échapper des griffes de ses maîtres. Alvine est toujours endormi dans ses bras. Elle sent l'intense chaleur qui émane de son corps. L'esprit de Loretta, sa mère désemparée mais si courageuse, l'a-t-elle sauvée ? Sa fille aux dents croches, sa fille laide, court pieds nus, en robe de nuit. Sa valise, voyons, où est sa valise ? Elle n'a plus rien, non, faux, *j'ai encore mon fils, le plus important. Le reste, je m'en sacre.*

À cette heure indue, les phares des voitures fendent l'obscurité telles des lames acérées, ressemblent à des soleils vertigineux, monstrueux. Elle croise des piétons émergeant de bars clandestins, créatures alcoolisées, des amoureux enlacés, excités, impatients de se rouler dans des draps frais comme des roses noires, des amoureux d'un soir, des amoureux en instance de rupture, elle demande de l'aide pour son fils, on ne lui répond pas, elle inspire la peur, on a d'autres urgences, elle pleure, ses larmes brillent sous l'éclat de la pleine lune.

Une voiture de police, un espoir, elle lui fait signe, l'auto l'ignore, accélère, ses gyrophares lancent des flammes, une bagarre à régler dans un rave clandestin, elle ne connaît rien de la grande ville, elle vient d'un coin perdu près de la frontière, elle sort d'une prison insensée, elle n'est qu'une petite fille, la peur au ventre, qui s'ennuie de sa poupée. Alvine est fiévreux. *Pourquoi il se réveille pas ?* Ses cornes sont brûlantes. Une bombe à retardement dort dans cette tête-là. Elle lui demande pardon, tout est de sa faute, elle a agi comme une pauvre idiote. Pendant qu'il en était encore temps, sans bruit, sans éclat, sans douleur, elle aurait dû partir, ses maîtres n'en auraient même pas eu connaissance, elle ne les aurait jamais revus.

Des camions passent sur le boulevard. Si seulement elle reconnaissait des visages familiers. Elle ne distingue que des ombres floues derrière des portières closes. Elle entend un long coup de klaxon, appel désespéré, *s'il vous plaît, sauvez-nous!*

Ton calvaire est loin d'être fini

Chez lui, dans son étroite ruelle sans issue, Hector accueillait le monde à bras ouverts. « Réveille-toi, la p'tite, t'as-tu ben dormi ? » Il tapota la joue de Clarisse. « Vous êtes qui, vous ? » Hector Lacourcière, doyen des itinérants, s'empressa de se présenter. À son tour, le vieil homme, qui avait vu souffrir beaucoup de gens dans sa vie et appris à ne plus rien demander, ne voulut savoir que leurs noms.

Alvine émergea d'un long rêve reposant. Le sommeil, ironiquement, l'avait mis à l'abri des derniers événements. Clarisse, voyant son fils ouvrir ses beaux yeux, remercia le ciel, *et toi, m'man, là-haut,* parce qu'il était vivant. « T'es pâle, mon amour, ça file pas ? » Alvine ne put contenir sa nausée. Il vomit pendant qu'elle le soutenait. « Veux-tu ben me dire quelle cochonnerie ils t'ont fait avaler, ces maudits fous-là ? »

Soulagé, l'enfant reprit ses esprits. « Vous êtes dans la ruelle à Hector. C'est ici que je couche quand les nuits sont belles. Bienvenue chez moi ! » Le vieil itinérant semblait content de recevoir des invités. Il leur expliqua qu'il les avait découverts blottis l'un contre l'autre derrière les poubelles. Comme ils dormaient dur, il les avait recouverts d'une grosse couverture rouge et s'était assuré de leur tranquillité au milieu des chats de gouttière en rut pleurant leurs amours éphémères. Dans sa fuite éperdue, Clarisse se rappela être tombée de fatigue, sans savoir où elle se trouvait, ni s'il y aurait un lendemain.

« Ç'a tout l'air d'aller mieux, vous autres, à matin. » Elle sourit à la remarque du vieil homme. Si le danger semblait écarté, Alvine et elle, en revanche, ne possédaient plus rien. Pressée, elle avait oublié l'argent dans le tiroir de sa table de chevet. Il ne leur restait que les vêtements de nuit qu'ils portaient la veille. « Du linge, ça se trouve, ça va vous prendre aussi un matelas et des couvertes. » Ils le suivirent. Clarisse s'en remit à lui, espérant cette fois que sa confiance ne serait plus jamais trahie. Alvine réclama à manger. « Ça aussi, mon gars, ça peut s'arranger. »

En chemin, Hector leur raconta qu'il vivait ainsi depuis près de trente ans. Jeté à la rue par un enchaînement d'événements malheureux, perte d'emploi, faillite, divorce, il s'était résolu à se faire une nouvelle vie, sans s'apitoyer davantage sur l'intransigeance du destin dont il était victime. Aujourd'hui, pour qualifier son état, il s'estimait heureux, du moins bien adapté, même s'il vieillissait et que les temps étaient de plus en plus coriaces. Ce qui lui manquait le plus, c'étaient ses deux enfants. « Je dois certainement être grand-père. » Il ne leur avoua pas qu'il avait parfois la mauvaise manie de scruter les visages des passants, pour autant qu'il pouvait s'approcher d'eux sans les effaroucher, en espérant un jour leur reconnaître des traits familiers.

Ils entrèrent dans une maison tenue par une femme d'origine africaine qui ouvrait sa porte aux démunis. Son copain Hector, ça faisait un temps qu'elle ne l'avait pas vu. Il l'embrassa, lui présenta ses nouveaux amis. Clarisse prit la parole, expliqua qui elle était et d'où elle venait, tout en s'abstenant de livrer trop de détails sur ses derniers déboires.

La vieille Africaine se pâma sur les beaux yeux d'Alvine. « Ça me donne des frissons ! » Elle l'étreignit. Encore échaudée par le souvenir de Lucinthe, Clarisse s'apprêta à intervenir mais se ravisa. Non, elle n'avait absolument rien à craindre de Constance. Chez cette bonne fée, ils trouvèrent de la nourriture, des vêtements, des produits d'hygiène, une douche et, par-dessus tout, une intense chaleur humaine comme un feu inextinguible. « Comment comptes-tu t'arranger ? » Clarisse, la gorge nouée, répondit qu'elle se fiait à Hector. Constance n'insista pas, convaincue que son ami serait un bon guide. « Tu reviens quand tu veux. Je suis là pour vous. » Elle sortit de la maison, rassérénée par la gentillesse de Constance.

Impressionné par la longue barbe grise et les manières rassurantes d'Hector, Alvine lui donna la main. « C'est l'heure du tour de ville. »

Le vieil homme leur montra un dépanneur où on ne les virait pas systématiquement dès qu'on les soupçonnait d'itinérance comme d'un crime odieux, la soupe populaire, un refuge, un comptoir vestimentaire, une petite église ouverte même la nuit, le chemin de l'hôpital le plus proche et du poste de police. Il leur parla aussi de lieux inhospitaliers, bars et restaurants devant les vitrines desquels on n'aimait pas les voir traîner par crainte d'effaroucher la clientèle, demeures cossues de riches bourgeois, bureau d'un ministre qui n'appréciait guère de se faire rappeler son impuissance à combattre la pauvreté. Il leur indiqua les meilleurs endroits pour quêter. Elle dit qu'elle ne s'y abaisserait jamais. « Y a pas de honte. Ça va t'arriver à toi aussi un jour. Pis pas rien qu'une fois. Le désespoir, c'est pas pour les mieux nantis. » Elle se répéta mordicus qu'elle ne le ferait pas. « Quoi, quêter, m'man ? » Elle le lui expliqua. Alvine, à l'idée de demander de l'argent à des personnes qui déambulaient dans les rues, n'exprima aucune émotion particulière.

Dans un élan paternel, Hector la mit en garde contre les individus retors qui essaieraient de la recruter comme prostituée. « T'es jeune, ma fille, t'es une cible de choix pour eux. » Elle devait rester vigilante. « Quoi, p'os'situer, m'man ? » Devant la curiosité de son fils, elle garda le silence. Hier encore elle était prisonnière de gens qui leur voulaient du mal. Voici maintenant que sa nouvelle maison était une grande ville pleine de pièges à éviter, de dangers à surveiller, un monde étourdissant à apprivoiser. Malgré la peur et l'incertitude, elle poursuivrait sa quête d'une vie meilleure. Elle regarda son fils, le serra très fort. Juste pour lui, elle tiendrait le coup, l'empêcherait de tomber entre les mains des autorités, qu'elle craignait comme la peste. Le pari était-il trop risqué ? « Prends ça au jour le jour », lui conseilla le vieil itinérant, conscient que la rue était imprévisible. Il se jura de veiller sur eux, les couva du regard. *Ils sont à moi.*

*

49

Alvine retourna avec sa mère rendre visite à Constance, laquelle lui servit des biscuits à la mélasse et un grand verre de lait au chocolat. Elle leur raconta son enfance dans un village pauvre, ses nombreux frères et sœurs, l'épidémie qui les décima, sa chance d'avoir été épargnée par le fléau. Elle évoqua un bon coup du destin, sa rencontre salutaire avec un pilote de brousse américain qui, pour la sortir de la misère, l'emmena aux États-Unis. Elle y passa son adolescence dans une famille modeste remplie d'affection. Clarisse lui demanda pourquoi elle était venue ici, alors qu'elle semblait si bien là-bas. « Pour voler de mes propres ailes, comme on dit. Et j'ai choisi un autre pays parce qu'au fond de moi, je suis une éternelle exilée. »

À peine arrivée, elle fut engagée comme aide-soignante par une dame riche souffrant d'une maladie dégénérative et Wilfrid, son jeune mari au grand cœur. Entichée de Paris, sa très distinguée patronne, en plus de la reprénommer Constance sous prétexte que ça lui convenait mieux, lui apprit à parler un français impeccable. À sa mort, l'aide-soignante devint la gouvernante du sympathique et séduisant veuf esseulé. Elle le consola avec succès. Si bien que, trois mois plus tard, ils se marièrent. « On formait tellement un beau couple. Ah, l'amour, tu connais ça... » Clarisse rougit, se souvint d'Alwyn, n'en dit rien. Qu'avait-elle vraiment éprouvé pour lui ? « T'as-tu encore un mari ? » Fondateur d'un organisme luttant contre la faim, Wilfrid périt dans un écrasement d'avion lors d'un voyage humanitaire en Asie. D'une certaine manière, Constance poursuivait son œuvre ici en se dévouant pour les plus démunis. C'était désormais sa mission à elle.

Clarisse trouva son récit touchant. Alvine, arborant une fine moustache de lait au chocolat, écoutait religieusement, comme s'il comprenait. Chose certaine, il sentit que Constance était une femme généreuse et se prit d'affection pour elle.

Plus tard, tandis que sa mère et lui essayaient de s'endormir au fond de la ruelle, il l'implora de lui raconter de nouveau l'histoire de

Constance. Il ne fermait jamais les yeux avant que sa petite tête d'enfant insatiable qui mûrissait plus vite que les autres n'eût tout enregistré.

*

Parmi les découvertes que leur ami Hector leur avait permis de faire, le village de carton occupait une place de choix. Il s'agissait d'un terrain vague près de la ruelle, sur lequel des itinérants avaient fabriqué quelques abris de fortune avec des boîtes de carton. Leurs occupants venaient surtout y dormir ou se protéger de la pluie. Pour Alvine, une cabane, c'était un jouet, on pouvait s'amuser avec.

L'enfant s'était vite fait plein d'amis dans le village de carton. Il aimait beaucoup Mat, un jeune itinérant qui portait un anneau dans le nez et une coiffure bleue tout en pointes. Il riait toujours en le voyant. Mat le prenait sur ses épaules, le promenait dans le village. Au passage, fanfaron, l'enfant saluait ses habitants, qui lui rendaient gentiment son salut. Son jeu préféré, c'était la cachette dans la cabane. Mat essayait de le trouver, prenait son temps pour lui faire croire qu'il n'y arrivait pas. Quand il le dénichait, il le chatouillait jusqu'au moment où Alvine criait grâce. L'enfant ne s'en lassait jamais.

« Où ta m'man, toi ? » Mat dit qu'elle devait probablement habiter une belle grosse maison dans un quartier chic, mais qu'elle ne se souvenait sûrement plus de lui. Depuis qu'à une époque pas si lointaine, ses parents, en désaccord avec ses choix, l'avaient chassé, Mat vivotait dans la rue, se piquait afin d'oublier ce qu'il était en train de devenir et se prostituait pour payer sa drogue. Désespéré, il retourna frapper à leur porte. Une étrangère lui répondit. Mat comprit que la maison avait été vendue. À la fois penaud et révolté, il adopta la rue pour de bon, désormais coupé de ses racines familiales, seul au monde.

Ainsi Mat lui ouvrit-il son cœur. Alvine, malgré son jeune âge, sembla comprendre son drame. « Toi, au moins, ta mère t'aime. T'es vraiment chanceux. » L'enfant approuva avec un sourire.

Clarisse faisait confiance à Mat. Pendant que son fils s'amusait, elle en profitait pour partir en quête de nourriture. Elle entrait souvent au dépanneur de monsieur Wong. Le sympathique Chinois la laissait sortir sans payer avec un pain, du beurre d'arachide et un gros Pepsi. Grâce à ce régime, ils tenaient quelques jours. Dire qu'elle avait déjà farci le cochon pour une bande de dépravés qui leur voulaient du mal ! Il ne fallait plus y penser. C'était derrière elle. Elle se promit de ne pas remettre les pieds dans cette rue par crainte d'y croiser ses anciens maîtres.

« M'man, joué à cachette. » Depuis que la grande ville était sa maison, Alvine n'avait jamais été aussi heureux. Il ne manquait pas d'espace. « Reste avec nous, Mat, on va se faire des bonnes sandwiches. » Il ne se fit pas prier. Réussir à se nourrir constituait pour lui aussi un défi quotidien. Il ouvrit le pot, y trempa son doigt, étala le beurre sur une tranche. Clarisse procéda de la même façon. *C'est pas très propre, mais au moins j'aurai pas de vaisselle à laver.* Elle fut prise d'un fou rire qui mit en joie Mat et Alvine.

*

Tous les matins, c'était le même recommencement pour la survie. La rue s'animait dès l'aube. Clarisse se levait au moment où son vieil ange gardien ouvrait les yeux. Hector lui souriait. Alvine s'étirait peu après et réclamait sa pitance. Dans la ruelle, ils étaient à l'abri de l'intense circulation automobile dont le bruit leur parvenait de loin. Ça ressemblait à une rumeur constante, à une menace secrète qui pesait sur leur sécurité.

Maintenant qu'elle vivait dans la rue, Clarisse regrettait les déjeuners gras mais combien nourrissants que sa mère préparait pour les camionneurs. « On va aller prendre un bon repas avec l'argent que j'ai quêté hier. » Alvine applaudit à l'idée d'Hector. Le vieil homme avait le teint jaune. Elle le lui fit remarquer, lui demanda s'il se sentait bien. « De moins en moins, ma p'tite, je vieillis trop. » Elle lui suggéra de consulter un médecin. À quand remontait son dernier examen ? Il haussa les épaules. C'était loin de lui tout ça. « Quand je suis malade, la rue finit toujours par me guérir. Inquiète-toi pas pour moi. Je me rendrai ben à cent ans. »

Le repas au casse-croûte du coin fut savoureux. Clarisse ne cessa d'examiner la place comme si elle cherchait à y trouver des airs de famille. Elle raconta au vieil homme quelques moments de sa propre enfance. Lui, souffrant, éprouvait de la difficulté à se concentrer. Alvine bouffa. Un vrai goinfre. Décidément, malgré la vie inhabituelle qu'il menait, cet enfant grandissait bien.

Ils sortirent du restaurant. Elle suggéra de faire une marche. Le beau temps s'y prêtait à merveille. Alvine exprima sa préférence pour le village de carton et son ami Mat. « Ça va mieux. Ça devait être la faim. » Hector embrassa du regard la ville qui se déployait devant lui, son château personnel, tel qu'il se plaisait à l'appeler, et souhaita mourir dans la ruelle avec ses nouveaux amis. Clarisse lui tiendrait la main, Alvine lui montrerait ses yeux rouges de bonheur. Ces deux-là, ne les avait-il pas pris d'emblée sous son aile et gardés près de lui jalousement, voire égoïstement, comme ses propres enfants enfin retrouvés ? Il regretta de n'avoir pas su mieux les aider.

*

La première fois que l'enfant visita un centre commercial, ce fut le choc. Un monde nouveau s'ouvrit devant lui. Bien entendu, le magasin de jouets retint son attention. « Veux y aller ! Veux y aller ! » Le gros lapin rose mécanique, à l'entrée, ne passait pas inaperçu. Difficile d'imaginer meilleur moyen d'attirer la jeune clientèle. « Entrez, bienvenue, entrez, bienvenue », répétait le jouet en bougeant la tête. « Ses cornes sont longues. » Clarisse se fit un devoir de corriger sa remarque. « C'est pas des cornes, c'est des oreilles. Les taureaux ont des cornes, pas les lapins. » L'enfant rétorqua qu'il était un taureau, d'abord ! « Ouais, si on veut, mais faut pas le dire, c'est notre secret. »

Alvine, émerveillé, n'avait pas assez de ses deux yeux pour tout voir. Les ballons multicolores flottant dans les airs le laissèrent béat d'admiration. Les trains électriques le captivèrent. Mais les jeux vidéo l'effrayèrent. « Viens-t'en, la madame déteste ça quand on prend rien. Ces affaires-là, c'est pas pour nous autres. » Il réclama un ballon en souvenir de sa visite. « Le bleu face de clown. » Elle lui dit qu'elle n'avait pas d'argent pour acheter de la nourriture, encore moins pour un ballon qui risquait de crever ou de se dégonfler avec le temps. Frustré, il piqua une colère. « Ah non, tu vas pas me recommencer ça, devant le monde en plus! »

Les yeux rouges, il hurle de rage en s'accrochant au présentoir de ballons, manque de le jeter à terre, pioche, piétine, se frappe la tête, Clarisse essaie de le sortir du magasin, ses cheveux sont en feu, il lui donne un coup de pied, la mord au bras, les clients s'attroupent, il hurle de plus belle, la bouche pleine de bave. « Alvine! C'est assez! Calme-toi les nerfs! »

Clarisse se confond en excuses auprès de la vendeuse, explique que son fils n'est pas habitué à voir tant de jouets parce qu'ils vivent dans la rue, se résout à lui demander la charité, juste un ballon. La vendeuse accepte. N'importe quoi pour que ces maudits parasites sacrent leur camp! Le lapin tout à coup se détraque (« bienvenez »), devient fou (« entrezvenue »), se met à courir après les enfants (« bienentruvenez »)…

Sur le trottoir, silencieux comme une tombe, il savait qu'il n'avait pas bien agi. Après tout, ses cornes secrètes, qui le distinguaient des autres, n'étaient pas là pour rien. « T'es-tu content de toi? On pourra jamais y retourner. » Il se mit à sangloter. De grosses larmes coulèrent sur son visage. « Arrête de brailler, c'est oublié, faut trouver à manger. Et si on vendait ton ballon, ça pourrait nous faire des sous. » Il pensa que ce serait une bonne façon de se racheter aux yeux de sa mère. Il aperçut une femme qui tenait une fillette par la main, l'une et l'autre très bien vêtues.

« Madame, tu veux-tu acheter un ballon pour manger? » Alvine avait formulé sa phrase d'un seul souffle, comme s'il avait craint d'en échapper des mots. La femme fut surprise par la proposition maladroite, Clarisse davantage par l'initiative de son fils. La femme les regarda, poussa un soupir, se dit qu'ils semblaient bien jeunes pour être dans la rue, non mais, ça faisait pitié sans bon sens. « Veux le ballon, maman, le ballon! » Elle ouvrit son sac à main, y puisa une poignée de monnaie, il fallait bien se montrer charitable de temps en temps. Clarisse la remercia infiniment. « Oh, madame, c'est vraiment trop! » Alvine donna son ballon à la petite fille qui, dans son excitation, l'échappa. Elle se mit à pleurer. Tel un rêve bleu trop vite oublié, le ballon monta dans le ciel. Alvine s'agita, lui ordonna de revenir. Poussé par un léger vent contraire, il redescendit lentement. La petite fille en saisit la corde. Elle sécha ses pleurs en balbutiant un inaudible merci.

*

Elle profita du fait que son fils était au village de carton avec Mat pour visiter Constance. Hector l'inquiétait beaucoup. Il restait constamment couché. Ça durait depuis trois jours. La vieille Africaine prétendit qu'il s'agissait d'un virus. « Non, ç'a rien à voir, c'est plus grave que ça, sa face est jaune. »

Constance décida de se rendre sur place. Elle le trouva endormi au fond de la ruelle. Amaigri, il n'avait pas du tout l'air dans son assiette. « Hector, c'est moi, réveille-toi. » Il ouvrit de grands yeux fatigués de vivre, se plaignit d'une douleur au ventre. La vieille Africaine, persuadée qu'il fallait l'emmener à l'hôpital, entra dans un petit café tout près pour appeler du secours.

Quelques minutes plus tard, après que les ambulanciers eurent localisé la ruelle, elle partit avec Hector pendant que Clarisse, attristée, promit de la rejoindre dès qu'elle aurait récupéré son fils.

En chemin, elle aperçut un attroupement devant un édifice gouvernemental. Quelques centaines de manifestants, pancartes au poing, scandaient des slogans. Elle crut comprendre qu'ils revendiquaient plus de logements sociaux pour les pauvres et les sans-abri. Elle s'attarda un peu, écouta les discours, acquiesça secrètement à leurs demandes. Par malheur, quelqu'un la tira par la manche, la traîna devant tout le monde. « Cette jeune fille vit dans la rue, regardez-la, c'est-tu pas scandaleux ! » Elle n'apprécia pas d'être ainsi prise à témoin.

Soudain un homme cravaté comme un politicien sort de l'immeuble, tente de se défiler. Enragée, la foule part à ses trousses, l'escouade antiémeute s'active, Clarisse est portée par le flot, elle n'a plus vraiment conscience de ce qui se passe, les policiers en tabassent plusieurs, ça hurle, ça sacre, ça se bouscule, ça se pile dessus, certains essaient de fuir mais s'écroulent sous les matraques, d'autres se couchent par terre pour se protéger des coups. Des caméras filment la scène pour la télé. Alvine l'attend au village, elle a promis d'aller jouer avec lui et Mat, elle voudrait être dans la ruelle avec Hector à ses côtés, elle ignore comment il va celui-là, elle doit se rendre à l'hôpital au plus vite, elle est prise en photo en train de se faire poivrer, ses yeux brûlent, elle supplie de la laisser tranquille, elle ne voit plus rien, on la traîne par les jambes, son dos frotte contre l'asphalte. « Arrêtez ! Vous me faites mal ! » On l'embarque dans un fourgon, on la pousse au fond, ça geint, ça pleure, ça lance des injures aux policiers insensibles aux frustrations, au désarroi des manifestants arrêtés. *C'est ben moi, ça, on dirait que j'ai le tour de me mettre dans marde !*

Au poste, pendant qu'on l'interroge, elle se nettoie le visage, se dit innocente, elle passait là par hasard quand la foule l'a happée, elle est une itinérante, son fils doit être inquiet, il joue au village de carton, il faut qu'elle aille le chercher. « Je vous en prie, laissez-moi partir. » Elle a beau leur parler de la ruelle, d'Hector, de Constance, les policiers croient qu'ils ont affaire à une simple demeurée, ils en voient de plus en plus dans les rues depuis qu'on les désinstitutionnalise, surtout quand arrivent les beaux jours. Ils lui offrent l'aide d'un travailleur social. Elle feint de ne pas entendre.

On la relâche. Elle file droit à l'hôpital. Le service des urgences déborde. Elle aperçoit Constance debout près d'une porte close. « Ça s'est compliqué dans l'ambulance. Ils l'ont rentré là. » Pour justifier son retard, Clarisse lui explique qu'elle a été coincée dans une manifestation de pauvres gens. La porte s'ouvre. Le médecin leur demande si elles sont de la famille. « On pourrait dire que oui », répond Constance. Il leur transmet ses condoléances. « Je pense que votre ami souffrait d'un cancer à un stade très avancé. »

Elles tombent dans les bras l'une de l'autre. Constance promet de s'occuper de tout. Clarisse se rappelle que son fils l'attend. Si elle s'écoutait, elle tirerait sa révérence. Eh oui, elle voudrait être ailleurs, perdue dans un océan sans fin, *c'est ça, oubliez-moi…*

Elle arrive au village de carton en plein drame. Sur ordre des autorités civiles, qui craignent le feu et l'insalubrité, un immense dragon est en train de tout piétiner. Les habitants protestent, résistent à leur façon en lançant des pierres. Quelques policiers surveillent la scène, baïonnettes au poing. Le monstre, invincible, a vite raison de cette bande d'itinérants sans pouvoirs ni moyens. S'il le voulait, il les boufferait même un à un, leur broierait les os avec ses dents acérées…

Le temps de le dire, il ne reste plus rien du village, sauf un gros tas de vieux cartons qu'une benne à ordures s'apprête à ramasser. Les sans-abri ont à peine pu sauver le peu d'effets personnels qu'ils possédaient. L'heure n'est pas tant à la tristesse qu'à la révolte contre les décideurs.

Elle cherche son fils, l'aperçoit sur les genoux du chauffeur, agrippé au volant, sautillant de plaisir, tandis que Mat lui fait de grands signes de la main. Elle s'approche du mastodonte. « Descends! » Fasciné, Alvine ne comprend rien, ne voit même pas sa mère. Elle se poste devant le tracteur, crie encore, les mains en porte-voix. Le chauffeur stoppe

son engin. Elle grimpe dans la cabine. « Salut, m'man, je conduis ! »
Elle le saisit par la manche, lui ordonne de la suivre. « C'est un bon
p'tit gars que vous avez là », lui lance le chauffeur. La police observe la
scène, exige de Clarisse qu'elle descende. « Ah, vous autres, sacrez-moi
patience ! Je lâcherai pas avant d'avoir récupéré mon fils ! » Le chauffeur,
soucieux de s'épargner des problèmes, pousse Alvine dans les bras de
sa mère. « Madame, on faisait rien de mal. » Elle ne réplique pas. Le
tracteur redémarre, s'éloigne.

Elle en veut à Mat. « Je pensais que t'étais plus fiable que ça ! »
Toutes ses frustrations des dernières heures se cristallisent dans sa
colère. Impuissant, Mat s'excuse, semble souffrant. Elle exige de lui
qu'il prenne ses distances pour quelque temps. L'enfant proteste.
Saisi de convulsions, Mat tombe soudain sur le sol. Effrayée par son
comportement, elle ne tente pas de lui venir en aide, le laisse seul avec
sa détresse. *Ça prend rien qu'une sans-allure comme moi pour confier son
enfant à un dopé !* Alvine, lui, ne voit pas les choses de la même manière.
Sa mère vient de le priver de son meilleur ami.

Il boude dans ses bras, lui donne des coups de poing au visage.
« Pas fine ! » Comme si elle voulait détourner la colère de son fils, elle
choisit ce moment pour lui annoncer que le vieil itinérant ne dormira
plus dans la ruelle. Alvine, encore tout secoué par l'attitude de sa mère,
ne comprend pas. « Il a-tu d'autres amis ? » Voilà qu'il vient de lui
trouver une excuse valable. « C'est ça, des amis pas mal plus mal pris
que nous, il est parti les aider dans une autre ruelle. » Alvine est sur le
point de pleurer. « C'est moi le roi de la ruelle... » *Mon fils a pas fini de
m'étonner.* « Si tu veux, pis moi, ta reine d'amour. » Il sourit. « M'man
Clarisse d'amour. »

*

Avec la mort d'Hector et l'éloignement de Mat, la belle solidarité
des premières semaines disparut. Clarisse se retrouva plus démunie que
lorsqu'elle vivait sous la tutelle discrète du vieil homme. Marquée par

les coups durs des derniers jours, elle retourna au dépanneur. Monsieur Wong était de très mauvais poil. « Maudite voleuse, va-t'en! » Elle sortit bredouille et blessée. Mais elle n'était pas une voleuse! Pourquoi l'accusait-il ainsi? Son fils réclama à manger. Elle se dirigea vers la soupe populaire, la salle était bondée, l'attente interminable. Alvine s'impatienta. « Donne-moi une chance! On peut pas aller plus vite! » Excédée, elle fit demi-tour, traversa la rue, accéléra le pas. « Où c'est qu'on s'en va, m'man? »

Sur le trottoir d'en face, il vit des filles court-vêtues. Certaines prostituées, mères de famille comme Clarisse, lui envoyèrent un baiser. Touché, il leur répondit de la même manière. Le petit manège d'affection continua. « Salut bébé. » Il se mit à rire. « Viens là. On te mangera pas. » Clarisse, voulant détourner son attention, lui signala le passage d'un gros camion. « Sont fines. » Elle fit celle qui n'avait pas entendu. Elle pensa méchamment que ces filles étaient plus sales qu'elle. Les prostituées, de leur côté, trouvèrent dommage de voir un si bel enfant avec une mère dépenaillée. Personne n'échappait aux jugements des autres. Froissé par l'indifférence de Clarisse, Alvine prit son air boudeur, refusa de continuer. Elle le souleva. « Hé, c'est-tu vous qui s'est fait tabasser dans une manif? » lui demanda un piéton. Craintive, elle lui tourna rapidement le dos.

Si seulement elle pouvait recommencer sa vie. Depuis qu'elle survit dans la grande ville, elle a le sentiment d'être toujours en fuite, en état d'urgence. Avant, au restaurant, elle bossait dur, soumise à une routine plate mais sans danger. Ici, c'est une lutte sans fin, protéger son fils, garder un brin de dignité. De rage et de désespoir, elle pleure contre le destin. « Pourquoi t'as de la peine? » *Je suis pas née pour me battre.* Elle ne l'exprimera pas ainsi à son fils, il ne faut pas le troubler, même si son insouciance a déjà été mise à rude épreuve. « C'est rien, chéri, inquiète-toi pas. »

Ah, revoir son papa Wayne qui l'aimait tant et dont elle s'ennuyait à mourir quand il partait travailler pendant de longs jours, d'interminables semaines... *Une fois, j'ai compté vingt dodos avec ma mère avant qu'il revienne.* Malgré les années, elle continue d'espérer son retour. Son corps jamais retrouvé, sa tête, seule, repose dans un cercueil d'enfant.

« M'man, t'es-tu morte ? » Elle ne répond pas. Elle est ailleurs dans ses rêveries, elle nage dans la tendresse de son père, ses petites attentions pour elle, la plus belle fille du monde. Clarisse voit sa jeune existence telle une longue fissure. Goutte à goutte, depuis la disparition de Wayne, elle perd son sang. Combien de temps va-t-elle encore tenir si la vie la quitte ainsi, malicieusement, à faible dose ? Elle a parfois l'impression qu'elle laisse derrière elle des traces qui ne s'effacent pas, souhaite que son père les suive. *P'pa, viens me chercher...*

« M'man, je veux manger ! » Elle s'arrête brusquement. La réalité, son fils, a deux bras, deux jambes et un estomac à remplir au quotidien. Ça la ramène sur terre, dans l'instance de la survie, cet enfant né cornu réclame sa pitance, il est en droit de l'exiger et elle, Clarisse Wilson, n'a rien pour lui.

Elle se trouve dans la rue des grands magasins et des *fast-foods*, s'écrase sur le trottoir, tend la main. Quêter, ça vaut mieux que se prostituer. « T'es-tu la fille qui est passée à télé l'autre jour ? » lui demande un inconnu. Elle n'entend pas la question. « Parasite ! » l'insulte-t-il en lui crachant dessus. Elle n'en a pas connaissance. Alvine est outré qu'on traite sa mère ainsi. Il n'aime pas cet individu méchant. La tête de l'homme frappe un lampadaire. Alvine est content.

La charité s'il vous plaît, madame, monsieur, vous qui avez des enfants, soyez compréhensifs, elle se satisfera de peu, de quelques pièces, d'un quignon de pain, d'un sourire pour alimenter son cœur, au pire elle-même se passera de nourriture aujourd'hui, mais Alvine a tellement faim, regardez ses cornes, c'est charmant et effrayant, elles ont poussé du même côté, un drôle de petit monstre, il a failli mourir plusieurs fois, pitié pour lui. Mais un jour, son fils, il sera quelqu'un, et la terre tremblera sous son regard rouge…

Alvine fait confiance à sa mère. Il n'a pas d'autre choix. Il prend son air de misère noire, sanglote en silence, ferme les yeux pour chasser la vision de ces pas qui courent inlassablement. C'est ce qu'il aperçoit à sa hauteur. Tout à coup, au-dessus d'eux, se dessine un visage. Alvine entend une rafraîchissante pluie de monnaie sonner sur le trottoir, comme des rires en cascade. Consciencieusement, il ramasse les pièces une à une. Sa mère dit trois fois merci, sans savoir à qui. Cet argent tombe du ciel. Il pense déjà au repas qu'il va avaler, en salive d'avance, des frites avec du ketchup, miam, un sundae pour dessert, remiam, il adore la crème glacée à la vanille arrosée de chocolat fondant. « M'man, j'ai très beaucoup faim ! »

Clarisse reprit possession d'elle-même, se leva, eut à peine le temps de reconnaître ce trop gentil donateur qui s'empressa de se dérober à son regard. « Monsieur Mortimer ? C'est-tu vous ? » L'homme avait disparu au premier coin de rue.

*

« Je déménage dans un foyer au nord de la ville. Tu viendras me visiter ? » lui demanda Constance. La nouvelle la secoua. Les deux femmes et Alvine marchaient dans le cimetière où Hector reposait. Il faisait beau. Constance avait acheté le lot, s'était occupée de lui offrir une sépulture convenable. « Il méritait bien ça. »

Elle venait de vendre sa maison meublée. Là-bas, au foyer, tout était compris. Plus besoin de se casser la tête. Sa vieillesse serait prise en charge du matin au soir. Il suffisait de payer. De plus, avec un peu de chance, elle ne serait pas trop maltraitée. Elle s'abstint toutefois de révéler à Clarisse que son médecin lui avait diagnostiqué un début de démence. Aussi avait-elle senti l'urgence d'agir pendant qu'elle en était encore capable.

L'hiver allait finir par arriver. Clarisse ne pourrait pas rester dehors. « Tu vas te débrouiller comment ? » Elle n'en savait rien sinon qu'elle ferait comme les autres, c'est-à-dire son gros possible, elle passerait ses journées dans les centres commerciaux, elle dormirait dans des refuges ou des églises. La sempiternelle course pour trouver à manger continuerait de l'épuiser. Hector avait passé une grande partie de son existence de cette manière. « La rue, c'est pas une vie, mais une sous-vie. En plus, tu as un enfant. Faut que tu t'en sortes. À ton âge, on peut espérer mieux que de manger du pain noir. »

Espérer quoi, au juste, quand le destin se charge de la poignarder dans le dos, de la pousser vers la misère ? « Du pain noir, c'est ben meilleur que pas de pain pantoute ! » *Dans ma situation, la couleur, ç'a pus grande importance. Pis va-t'en don', on peut s'arranger sans toi.*

Elles se laissèrent là-dessus. Constance lui écrivit ses nouvelles coordonnées. Dans un passé pas si lointain, Clarisse avait frappé à la porte de gens peu recommandables, elle se méfiait désormais des adresses griffonnées sur un bout de papier. Comme quand elle ne voulait pas mentir à sa mère, elle promit de lui rendre visite, en se croisant les doigts dans le dos, réflexe de petite fille timide. Alvine s'agrippa à Constance. « Toi aussi, tu vas aider d'autres amis ? »

Le soir même, encore tout secoués par le départ de Constance, ils flânèrent du côté du village de carton. Depuis la démolition, quelques itinérants, nostalgiques ou désemparés, hantaient les lieux. Alvine espérait y retrouver Mat. Clarisse, quant à elle, ne nourrissait plus aucune illusion. Elle était seule avec son fils. *Je me sens abandonnée.*

Venus d'une autre grande ville dont les autorités les avait chassés à force de leur interdire l'accès aux lieux publics, des itinérants, sans même se donner le mot, s'étaient regroupés sur la place. Au milieu du terrain vague, ils déposèrent papiers et cartons, allumèrent un feu. Dans un silence recueilli, ils formèrent une chaîne humaine autour des flammes et se mirent à valser sur ce silence, à s'étourdir de fausses joies.

Alertés, les pompiers ne tardèrent pas à se pointer. Devant la puissance des boyaux d'arrosage, les pauvres hères n'eurent d'autre choix que de se disperser rapidement.

Alvine s'endormit dans les bras de Clarisse. Mère et fils avaient faim. Leurs borborygmes hantaient la ruelle, comme des voix d'outre-tombe. Couché sur son matelas mousse, bien emmitouflé puisque le temps avait commencé à rafraîchir, il rêva à un gâteau géant couvert de chandelles que les pompiers ne réussissaient pas à éteindre. Il sourit dans son sommeil, loin des pleurs de Clarisse qui fixait l'œil menaçant de la nuit, son âme noire de cris étouffés, toute recroquevillée dans son désespoir, son âme affolée comme une bête traquée, *elle s'accroche à toi, mon gars, serre-la fort, elle en a besoin.*

*

Un chien inspecta la ruelle, renifla chaque poubelle, déchira un sac vert et croqua dans un cœur de pomme. L'animal errant découvrit Alvine et sa mère endormis contre le mur du fond, à côté de la couchette d'Hector restée intacte afin de respecter la mémoire du vieil ange gardien. La bête renifla la place, sembla retrouver des traces familières, s'y coucha.

Alvine se réveilla le premier, resta enfoui sous les couvertures dans la chaleur et l'odeur de sa mère. Il tourna la tête, vit le chien. On aurait juré que la bête, un berger allemand, lui souriait. Il sortit une main de sous les couvertures. L'animal rampa, lécha ses doigts en geignant, conquis par l'enfant. « Salut mon gros coco. » Il venait de le baptiser. Le chien agita la queue. Clarisse se réveilla, fit le saut en apercevant l'animal près de son fils, tenta de le protéger. Le chien n'était pas malin. Il voulait juste rester avec eux. À qui appartenait-il ? Avait-il une médaille d'identification au cou ? Il roula sur le dos, pattes en l'air. Alvine fouilla dans sa fourrure, ne trouva rien. Cette constatation le réjouit. L'animal se leva, retourna s'étendre sur la couchette d'Hector. « Ah non, pas là, c'est sacré ! » s'écria-t-elle. Il ne broncha pas, aboya pour imposer sa

volonté d'occuper la place du disparu. « M'man, son poil est chaud. »
La logique d'Alvine, une fois de plus, semblait implacable. Clarisse
ne put qu'admettre l'évidence. Grococo, la nuit, les réchaufferait. « Et
qui va payer pour le nourrir ? » Cette question élémentaire n'allait
certainement pas décourager ce fils que rien n'embêtait. « Les autres
personnes qui nous donnent des sous, voyons. »

Au même moment, sortie tout droit d'un songe, une très belle
femme, couverte d'une longue cape blanche, s'avança vers eux. Grococo,
excité par cette apparition, émit un bref jappement de bienvenue.
Clarisse et Alvine furent éblouis par la lumière qui émanait de cette
fée portant un panier d'osier. Pendant que son fils se pourléchait les
babines, Clarisse se jeta aux pieds de la femme en pleurant. « On a
tellement faim. C'est pas possible d'être fine de même. » La femme
tendit à chacun une miche. Ça sentait bon. Alvine ne se fit pas prier,
mordit à belles dents dans ce repas imprévu, en arracha un morceau
pour Grococo. « Dis merci à la madame, sois poli. » Mais la porteuse
de pain n'exigea aucune reconnaissance. Heureuse, elle les salua et
s'éclipsa. Certains mystères de la rue demeuraient impénétrables.

*

Une grosse neige froide et mouillée recouvrit la chaussée, fit
déraper les voitures, créant embouteillages et carambolages. Clarisse,
Alvine et Grococo sortaient du comptoir à vêtements, s'apprêtaient à
se rendre à la soupe populaire, lorsqu'ils furent surpris par le mauvais
temps. Depuis quelques jours, elle avait déniché une bonne planque,
une chapelle désaffectée. Elle y avait transporté ses maigres pénates.

Le trio dormait dans la sacristie, là où étaient entassées quelques
reliques de la crèche, des statues de Marie et de Joseph, un petit Jésus
en plâtre, deux Rois mages. Si l'endroit n'était pas chauffé, Clarisse
et son fils avaient en revanche un toit pour affronter cet hiver hâtif.
Quand l'obscurité envahissait les lieux, elle allumait des cierges trouvés

sur place. Elle avait déniché les allumettes au pied de la Vierge, comme un cadeau-surprise offert par la Providence.

Alvine s'amusait avec les statues. Il inventait des scénarios, ignorant tout de la véritable histoire. Ainsi Jésus avait été donné par les Rois mages à Marie et Joseph qui souffraient de n'avoir ni enfant ni maison. Avec l'aide de sa mère, il déplaçait les personnages, leur prêtait la parole. Jésus était chanceux d'avoir un père. Dans sa tête, Joseph ressemblait à Hector. Grococo prenait aussi part aux activités de l'enfant. Il était toujours sollicité pour consoler Jésus qui ne cessait de pleurer parce qu'il avait faim. Le chien léchait la statue. Admirative, Clarisse contemplait son fils. Ça la rendait heureuse. Elle s'abstint de lui raconter la véritable histoire de la Nativité. Pour le moment, elle préférait respecter son imagination.

Dans la sacristie se trouvaient des objets saints qu'elle n'aimait pas trop manipuler, calices et ciboires ébréchés, crucifix de bois qu'elle glissa sous les couvertures comme un porte-bonheur. Elle découvrit aussi quelques retailles d'hostie qui valaient bien n'importe quel morceau de pain sec. Elle les cacha pour les jours où il n'y aurait rien d'autre à grignoter.

La vie quotidienne s'organisait autour des mêmes préoccupations primaires. C'était avant tout une lutte constante contre le froid. Grococo était mis à profit. Le chien, une bonne bête, ne se faisait pas prier pour jouer son rôle de chaufferette à quatre pattes. Clarisse se disait que Grococo les protégeait à la place d'Hector. L'esprit du vieil itinérant habitait cet animal. Comme ils ne pouvaient plus bénéficier de l'hospitalité de Constance, ils allèrent à la Maison des jeunes manger une bouchée et passer du temps au chaud dans un milieu plein d'ados. Curieusement, on ne lui posa pas trop de questions, ce qui la rassura. Grococo, lui, resta dehors, pleurnichant, attaché à un barreau de la galerie.

Je me débrouille du mieux que je peux pour que mon fils souffre pas trop. C'est pas toujours évident, surtout quand tu bouffes jamais à ta faim. Rarement rassasié, il se montrait pourtant très raisonnable. Quand il n'avait plus rien à se mettre sous la dent et qu'il en réclamait encore, elle le berçait longuement. Assise sur le sol, à côté de la Vierge, elle le gavait d'amour et de tendresse pour apaiser en lui le démon de la faim. Il finissait par s'endormir. Elle l'étendait sur le flanc de Grococo et se couchait à côté. Enfouis sous une montagne de couvertures, ils passaient ainsi de longues heures, même le jour, pelotonnés, pareils à des ours en hibernation. Les statues, penchées sur eux, leur soufflaient leur chaude haleine.

*

Leur planque était presque idéale. Les autorités n'oseraient jamais venir les déloger d'un lieu saint, même abandonné. Elle attirait d'autres itinérants. La nuit, la chapelle se remplissait. Deux délinquants en cavale, Steven et Sébaste, y établirent leur quartier général. Ils s'installèrent près de l'autel. Ils y venaient surtout pour dormir. Le reste de la journée était consacré à leurs mauvais coups. Ils rapportaient toutes sortes de trucs, souvent de la nourriture volée. Clarisse ne leur faisait pas confiance, les considérait comme dangereux. Au début, farauds, l'œil vicieux, ils paraissaient se ficher d'elle et d'Alvine. Ils auraient bien aimé emmener Grococo avec eux, mais l'enfant, lorsqu'il en fut question, pleura si fort que les voyous laissèrent tomber. Grococo, de toute façon, ne semblait pas vouloir quitter son jeune maître.

Les premières semaines, ils développèrent une relation de bon voisinage. Elle se mêlait de ses affaires, ne leur demandait rien, mais espérait un peu de générosité. Ils partagèrent des œufs. Elle ne posa aucune question sur leur provenance, se souvint des déjeuners de sa mère. À défaut de les cuire, ils les mangèrent crus, ce qui répugna à Alvine. Mais la faim eut raison de son dédain. Coup sur coup, les yeux fermés, il en goba deux. Depuis ce temps-là, il leur passait parfois des commandes. Steven et Sébaste devenaient leurs pourvoyeurs. « Vous êtes sûrs que la police vous court pas après ? » Majeurs, les voyous, seuls capitaines de leur triste galère, se fichaient des flics comme de leurs propres parents, inadéquats, avec qui ils avaient perdu tout contact depuis longtemps. Si ça arrivait, clamaient-ils haut et fort, on ne les prendrait pas vivants.

Leur alliance n'était pas récente. Victimes du système, ballottés d'une famille d'accueil à l'autre sans grand succès, Steven et Sébaste se rencontrèrent dans un centre jeunesse. Initiés rapidement à la criminalité, ils en firent un mode de vie. La rue devint leur terrain de jeux favori. Un jour viendrait où la police leur mettrait le grappin dessus. Mais pour l'instant, solidaires, ils se sentaient invincibles, agissaient comme si rien n'était à leur épreuve, se moquaient des interdits, transgressaient les lois, élargissant leurs activités illicites sans gêne ni scrupules.

Ces deux-là l'inquiétaient beaucoup. Ils lui jetaient parfois des œillades qui la faisaient frissonner. Que dire de la trop grande gentillesse qu'ils manifestaient envers Alvine ? Elle la trouvait suspecte. Et s'ils étaient de mèche avec Lucinthe pour récupérer l'enfant… *Attendez voir, ils vont me trouver en travers de leur chemin. Pis la maudite folle, elle, est mieux de pas se montrer !*

Pour éviter l'affrontement, elle crut qu'il serait peut-être plus prudent de se dénicher une nouvelle planque mais y renonça. L'hiver commencé, le plus petit mètre carré d'espace habitable pour un itinérant était vite occupé. Clarisse se promit de rester aux aguets.

*

Quand Alvine semblait fatigué de jouer avec les statues, sa mère lui racontait des histoires. Comme elle n'avait pas trop d'imagination, elle lui relatait des moments de son enfance, lui parlait de ses grands-parents, du restaurant, des premières années de sa vie à lui. Elle osa aborder certains épisodes de leur existence avec Lucinthe et les autres, tantôt taisait les pires, tantôt embellissait la réalité. L'enfant ne se lassait jamais d'entendre parler d'Hector et de Constance, de la ruelle, du village de carton. Il disait s'ennuyer de Mat. Clarisse n'en avait pas eu de nouvelles récentes et n'en espérait pas non plus. « J'ai pas d'amis », se plaignit-il en pleurnichant. Elle lui rappela Grococo, Steven et Sébaste. « Pis les statues. » C'était vrai. Il aimait bien le petit Jésus. « Pourquoi il a pas de cornes ? » Elle sourit. « Parce qu'il a une auréole autour de la tête, un cercle invisible, regarde, c'est un mystère. » L'enfant s'efforça, en vain, d'apercevoir le fameux mystère. « Fait trop clair. La nuit, crois-moi, tu vas mieux voir. »

L'obscurité l'envahissant, le vent sifflant dans les fenêtres, la sacristie prenait des allures lugubres. Alvine détestait ça. Il préférait garder les yeux clos et imaginer de la lumière dans sa tête. Il lui arrivait souvent de pisser dans ses pantalons à cause du froid et de la peur, comme si les deux se mettaient d'accord pour lui rendre les nuits difficiles. Privé de rechange propre, il restait longtemps mouillé. L'urine figeait dans sa culotte. En attendant que sa mère et lui aillent, quand ils avaient de l'argent, laver leur linge à la buanderie, il vivait dans l'inconfort, sentait le pipi. Ça attirait les rats qui, à l'insu de Clarisse, venaient discrètement le renifler et lui picoter les orteils durant son sommeil.

*

Un soir de tempête, les lieux étant désertés par les itinérants partis trouver refuge au chaud, Steven et Sébaste firent du grabuge. Comme s'ils étaient possédés par un esprit malin, ils abîmèrent l'autel, renversèrent les bancs, pissèrent dans le bénitier, déféquèrent dans le confessionnal. L'odeur de merde, déjà présente puisque Clarisse et Alvine se servaient de cet espace pour faire leurs besoins, empesta la chapelle, s'y incrusta.

Alvine n'en eut pas connaissance. Il dormait dur. Clarisse, à la fois écœurée et effrayée, serra davantage son fils contre elle. Grococo, les oreilles bien droites, flairant le danger, voulut aller voir ce qui se passait. Elle le lui interdit. « Reste ici pour nous protéger. » Leurs cris sauvages auraient pu alerter la ville entière. Ils dansaient autour de l'autel en poussant des hurlements terribles. L'enfer devait fourmiller de tels énergumènes.

Soudain elle n'entend plus rien. Elle croit qu'ils se sont endormis. Grococo se met à gronder. Des voyous, il a senti l'ombre noire et menaçante. Il aboie quand il voit les sombres silhouettes s'approcher, braguettes ouvertes. Steven saisit Clarisse par les bras, Sébastien lui immobilise les jambes. Il la plaque au sol, lui empoigne un sein. Elle supplie de la laisser tranquille. Maladroitement, les deux tentent de lui arracher ses vêtements.

Le chien se jette sur eux. Tiré brusquement du sommeil, Alvine en larmes ne comprend pas ce qui se passe, crie après sa mère. Si Grococo n'en vient pas à bout, elle est foutue. Elle imagine que son fils pourrait être témoin de ça. Elle encourage le chien. « Mords-les, tue-les ! » Rapidement mis en échec, ils abandonnent la partie, s'en tirent avec quelques blessures et déguerpissent en poussant des hurlements de bête blessée.

Grococo, haletant, revint se coucher contre Alvine. Clarisse le remercia, le caressa longuement. *Cet animal mérite toute l'affection du monde.* Alvine l'étreignit avant de sombrer dans un sommeil de plomb. Il ferait toujours confiance à son chien. Noyée dans ses pensées, Clarisse laissa les voix nocturnes lui chuchoter les pires malédictions. Elle avait peut-être échappé au viol cette fois-ci, mais la mort, elle, pouvait à n'importe quel moment frapper insolemment. Le mot *mort*, qu'elle entendait à répétition, lui martelait le crâne. Elle sentait ses tempes battre très fort. *Je vis comme une gueuse.* Elle n'était pas venue dans la grande ville pour ça. N'avait-elle pas cru y trouver un ailleurs idéal ? *Qu'est-ce que je fais là, hein, voulez-vous ben me dire ?* Personne ne pouvait lui répondre. Dans l'espoir de jours meilleurs, elle s'efforça de penser à autre chose, à quelqu'un qu'elle aimait, de compter des moutons qui feraient de si bons gigots… et sur sa faim criante, elle s'endormit.

*

L'hiver était hallucinant. Le froid incendiaire, invincible tortionnaire, vous craquait la peau, vous jetait par terre en vous prenant à la gorge. Il fallait sortir emmitouflé double par-dessus double ou rester chez soi bien au chaud. Ils osèrent mettre le nez dehors. L'enfant enfonça son visage dans le cou de sa mère. Le chien marchait au trot à côté d'eux, les pattes dans le verglas. Ils s'engouffrèrent dans le premier centre commercial en vue. Les vitrines, à l'approche de Noël, revêtaient leurs plus belles parures. Les lumières clignotantes émerveillèrent Alvine.

Dans les lieux publics, Clarisse était aux aguets. Elle craignait les agents de sécurité. Elle courait toujours le risque de se faire évincer, d'autant plus qu'elle s'entêtait à garder Grococo avec elle. Puisqu'elle ne se sentait pas la bienvenue dans les boutiques, elle restait dans les toilettes. Alvine protestait un peu. Elle le débarbouillait avec des essuie-mains. Quelques femmes lui faisaient la conversation, lui reprochaient sa mauvaise mine. D'autres, d'un air dégoûté, reluquaient cette pauvre fille, dénonçaient sa présence. Devant tant d'hostilité, elle sortait en vitesse du centre commercial. Alvine pleurait parce qu'il n'avait pas vu le père Noël.

Le froid leur brûlait le visage. Elle se mit à courir très vite. Les pattes gelées, Grococo avait de la difficulté à marcher. Elle aperçut, à l'entrée de la chapelle, un sac vert qui traînait là. Elle s'en empara rapidement, non sans regarder aux alentours si quelqu'un pouvait la voir. *J'ai toujours peur qu'on m'observe, je sais pas pourquoi, c'est plus fort que moi.*

Les statues n'avaient pas bougé. Quelques itinérants, découragés par le désordre, de peur d'être accusés de vandalisme, avaient fui. Les voyous n'avaient pas remis les pieds dans la planque depuis plusieurs jours. Clarisse espérait ne plus jamais les revoir. Alvine et elle gardèrent leurs manteaux et leurs tuques. Elle enveloppa les pattes de Grococo dans une couverture. La bête se laissa faire. En quête de nourriture, Clarisse ouvrit le sac vert. Elle y découvrit, luxe inespéré, des restes de poulet, une bouteille de Pepsi à moitié pleine et deux carrés au caramel à peine entamés. Ces denrées rares, véritable festin du ciel pour des itinérants affamés, leur étaient-elles vraiment destinées? Elle allait se remettre à croire au père Noël. L'enfant se montra insatiable. Il laissa quand même au chien la carcasse du poulet.

Ils attendirent que passent les grands froids. Grococo se remit de ses engelures. Alvine continua de jouer avec les statues. Le jour de Noël, Clarisse reconstitua la scène de la Nativité. Elle plaça chacun des personnages comme dans la crèche, demanda au chien de jouer le rôle de l'âne, Alvine incarna le troisième Roi mage et elle, le bœuf. Elle choisit ce moment pour raconter la vraie histoire à son fils. Il l'écouta religieusement. Elle avait l'impression que quelqu'un d'autre agissait à sa place, lui soufflait les mots. *M'man, p'pa, Hector?* Veillaient-ils toujours sur eux?

Pendant qu'elle parlait, un rayon de soleil traversa le vitrail de la fenêtre, éclaira la scène, traça des arabesques derrière la crèche. Prise par son récit, Clarisse ne vit pas les ailes d'ange graciles sur le mur, ni la fine couronne de feu sur la tête cornue de son enfant.

*

À la Maison des jeunes, Alvine jouait au baby-foot. Dans la cour, Grococo s'amusait à courir après un ado boutonneux. Clarisse rencontra le nouvel animateur. Nathaniel, le crâne rasé, un anneau au sourcil droit, désira la connaître davantage. Méfiante, elle mentit sur son âge et sa situation, lui raconta une histoire un peu rocambolesque. Incrédule, il lui fit comprendre que l'endroit n'accueillait qu'une clientèle adolescente et lui suggéra des ressources plus appropriées pour elle et son fils. Il lui remit quelques dépliants.

Elle sortit en ayant le sentiment de s'être fait virer. *On dirait que j'ai ma place nulle part.* À quoi bon se persuader du contraire? De toute manière, il valait mieux fuir tous ces gens qui, apparemment animés des meilleures intentions du monde, s'intéressaient trop à elle. Ne formaient-ils pas les maillons d'un engrenage redoutable? Une fois entre leurs mains, soumise à leur infaillible jugement, elle avait peur qu'ils en profitent pour lui enlever son enfant. *Perdre Alvine, jamais de la vie! Je l'ai déjà sauvé de ben pire. Personne va me l'arracher sans prendre mon cœur avec!* « Pourquoi il a une bouc' d'oreille dans son œil? » Elle jeta les dépliants. Elle devait s'arranger autrement. S'il le fallait, elle irait ailleurs, dans un autre coin de la grande ville, où elle était inconnue. « Hein, m'man, pourquoi don'? » Jusqu'au bout, elle assumerait seule les contraintes de sa cruelle liberté. « Arrête avec tes questions. On s'en va quêter. »

*

Ils jouaient dans la sacristie. Clarisse avait trouvé un vieux bilboquet près d'une poubelle. Alvine s'essayait mais échouait à chaque coup. Le chien, après avoir chassé quelques rats, sautillait auprès de l'enfant. « Ben non, Grococo, la boule, c'est pas pour toi. » Comme elle avait crié la première fois qu'un rat s'était faufilé entre ses jambes! Grococo avait immédiatement pris la bête en grippe. Clarisse avait dû s'asseoir pour reprendre son souffle. Alvine, que les rats n'inquiétaient guère, l'avait réconfortée, tel un bon fils soucieux du bien-être de sa mère. *Je voudrais pas que mon gars se fasse mordre par ces écœuranteries-là! En tout cas, y avait peut-être de la coquerelle au restaurant de m'man, mais pas de rats!*

Steven et Sébaste entrèrent dans la planque. Elle laissa son fils tout seul, ordonna à Grococo de rester couché. Les délinquants, près de l'autel, se départirent de leurs manteaux tachés de sang. Ils venaient de commettre leur premier meurtre. Elle eut un mouvement de recul. Sébaste la dévisagea. « On a assommé une bonne femme qui refusait

72

de nous donner son fric, hein, Steven, tant pis pour elle, la vieille crisse ! » Il s'esclaffa. Elle ne cacha ni son dégoût ni sa peur, se demanda comment elle pouvait encore leur adresser la parole après leur tentative de viol. « T'as rien à craindre, la police viendra pas nous chercher ici. Personne nous a vus », s'empressa de préciser Steven. Le voyou fut cependant trop lâche pour avouer que la pauvre victime était sa propre grand-mère. Entre eux, la confiance n'existait plus. *Ils ont toujours l'air d'avoir des plans de fous dans leur tête.* La tension était palpable. Clarisse, à leur approche, se crispait. Elle aurait accepté de jeûner pendant une semaine pour les voir disparaître à jamais.

« M'man, c'est quoi, assommer une bonne femme ? » Elle lui dit de retourner jouer avec Grococo, qu'il s'agissait d'une discussion trop difficile pour lui. « Pis qu'est-ce que vous allez faire ? » Sa curiosité leur déplaisait. « Là, tu poses trop de questions. Mêle-toi de tes tabarnak d'affaires ! » lui cria Sébaste.

Steven sortit de ses poches une bonne liasse de billets de banque. « Si on te payait pour... » Depuis qu'elle vivait dans la rue, elle avait dû faire bien des choses malgré elle, mais se prostituer comme ces filles qui envoyaient des baisers à son fils... « Non ! » Ils avaient déjà tenté de la prendre par la force, ils ne la convaincraient pas davantage avec de l'argent maculé de sang. Grococo gronda, les voyous reculèrent, Clarisse le retint. « OK, on a les moyens de se payer des vraies putes ! » Ils rirent bruyamment. Elle ne pouvait s'empêcher d'imaginer la pauvre vieille femme morte, un autre crime qui ne serait pas éclairci. « Avise-toi pas d'ouvrir ta grande gueule ou on donne pas cher de la peau de ton gars ! » la menaça Steven, comme s'il avait lu dans ses pensées. Elle s'emporta. « Sortez d'ici ! Revenez pus jamais ! » Grococo voulut se jeter sur eux, elle le retint encore. « Sinon je lâche le chien, pis là, c'est moi qui donne pas cher de votre peau ! » Comment pouvait-elle se montrer si arrogante ? « Tu serais moins baveuse toute seule ! » Ne pas broncher, ne pas laisser paraître qu'elle a la trouille, se répéter qu'elle est la plus forte. « On s'en va, mais tu perds rien pour attendre! »

Sitôt qu'ils eurent quitté les lieux, elle regretta son impatience. Sans faute, le plus vite possible, elle devait partir à la recherche d'une planque plus sûre. Elle n'avait pas le choix. Ces deux-là étaient prêts à tout. S'ils avaient tué une vieille femme pour quelques dollars, ils seraient capables de les éliminer par pure vengeance. Décidément, ils formaient un duo infernal. Il valait mieux déguerpir avant leur retour. Malgré tout, elle était plutôt fière de leur avoir tenu tête. « Sont pus fins eux autres, hein, m'man? » Elle l'étreignit désespérément. *Mon enfant a peur. Je dois agir vite.*

Anxieuse, elle quitta la planque pour profiter de l'hospitalité d'un refuge. Maurice, un intervenant, l'accueillit. L'établissement ne comptant qu'un dortoir pour hommes, il lui suggéra des endroits mieux adaptés. *Mais qu'est-ce qu'ils ont tous à vouloir m'envoyer ailleurs?* Clarisse se mit à pleurer. Le courage lui manquait. C'en était trop. Sensible à sa détresse, il lui offrit le lit du fond et, afin de lui garantir une certaine intimité, installa un paravent. Alvine dormirait avec elle. Par contre, elle s'en doutait bien, la présence de Grococo restait interdite, le règlement étant strict. Elle dut se résoudre à le ramener dans la planque, ce qui déplut à son fils. « On va revenir le chercher demain. Promis. » Mécontent, il prit son air boudeur.

Elle demeurait sur le qui-vive. Qu'avait-elle pourtant à redouter de ces gens venus trouver là le même confort élémentaire qu'elle? *C'est juste des pauvres itinérants inoffensifs qui cherchent un peu de chaleur.* Ses rapports récents avec Steven et Sébaste, dont elle n'était pas encore remise, l'avaient perturbée. À tel point qu'elle ne faisait plus confiance à personne. Ses meilleurs alliés s'en étaient allés. Que lui restait-il, sinon l'hostilité d'ennemis potentiels? Un nuage noir planait constamment au-dessus de sa tête, maintenant Clarisse dans une zone d'ombre. *Des*

fois, on dirait que le monde entier m'en veut à mort. J'étouffe. Mais faut
pas que je panique.

Elle se sentit agressée par des bruits et des odeurs insupportables. Ronflements, grognements, puanteur émanant de corps crasseux et de vêtements sales lui donnèrent la nausée. Elle enfouit son visage sous les couvertures, crut y déceler un frais parfum de lavande, réconfortant. Elle-même ne devait pas non plus sentir très bon. Alvine dégageait toujours la même odeur de pipi à laquelle elle s'était habituée. Depuis quelques jours, elle avait remarqué qu'il se grattait souvent la tête. « M'man, mes cornes me piquent. »

Alvine, nullement dérangé par les inquiétudes de sa mère, sommeilla dans toute la grâce de son innocence. Elle passa une nuit blanche à s'inventer des peurs bleues. *Je pense que je m'en sortirai jamais*, elle échafaudait des hypothèses alarmantes, *y aurait un complot contre moi que ça me surprendrait pas pantoute*, elle imaginait des scénarios catastrophiques, *va y avoir un gros tremblement de terre pis les édifices vont me tomber dessus pis Alvine va mourir pis… J'en peux pus!*

La gorge nouée par l'angoisse, elle s'affola davantage lorsqu'un jeune itinérant saoul s'approcha de son lit et tenta de lui toucher les seins. Elle trouva la force de lui donner un coup de pied dans l'entrejambe. Brusquement dégrisé, l'insolent regagna sa couchette en geignant.

Au matin, presque soulagée de voir une lumière glaciale traverser les stores, elle fut la première debout. Elle réveilla son fils et sortit sans saluer ni remercier personne. Dans la planque, Alvine et Grococo célébrèrent leurs joyeuses retrouvailles en jouant. Elle aperçut par terre quatre billets de cinq dollars. Sans remords, elle les ramassa.

*

La grippe étant particulièrement vilaine, Clarisse avait besoin de sirop pour calmer la toux de son fils. Elle se rendit à la pharmacie. *J'ai beau pas être une voleuse, j'ai pas le choix.* Elle se sentait regardée. Toutes les caméras cachées de la grande ville étaient-elles braquées sur cette pauvre fille affamée ? *Je deviens parano.* Au poste de police, la voyait-on en direct s'apprêtant à commettre un délit ? Elle eut l'impression d'entendre hurler une sirène. *Les nerfs, Clarisse Wilson, sinon tu vas capoter, pis va falloir qu'on t'enferme dans un asile.*

Elle flâna, mine de rien, devant l'étalage. « Vous cherchez quelque chose ? Attendez, me semble vous avoir déjà vue… » *Qu'est-ce qu'ils ont tous à se souvenir de moi ?* Il y avait sûrement erreur sur la personne. Elle saisit la bouteille de sirop, se dirigea vers la sortie, franchit les portes. L'alarme sonna. Elle prit ses jambes à son cou. Un policier qui passait par là se lança à sa poursuite. *Je le savais ben qu'y avait un poulet dans les parages !*

Elle le sent dans son dos, elle cache son visage, le flic lui crie après, elle maintient la cadence, traverse la rue sur un feu rouge, *pourvu qu'on me rattrape pas,* elle manque de se faire frapper par une voiture, *ça arrangerait pas mon cas,* il tente de stopper la circulation mais les automobilistes, comme s'ils étaient de mèche, se moquent de ses ordres, il se fâche, lâche un juron et la perd de vue.

Sauvée, elle s'arrête au coin d'une rue, reprend son souffle, met la main dans sa poche, s'aperçoit que la bouteille n'y est plus, elle est sans doute tombée pendant sa course. *J'ai pris ce risque pour rien. Je suis crevée.* Alvine et Grococo l'attendent dans la planque. Elle est partie depuis trop longtemps. On ne sait pas ce qui peut arriver. *Je me le pardonnerais jamais si… mais c'est ma poupée de chiffon…*

Dans la vitrine d'une friperie, elle est là, identique. Clarisse plonge dans ses souvenirs. Sa mémoire exécute un saut périlleux arrière. « Ramène-moi mon père », avait-elle chuchoté à l'oreille de sa poupée en l'enterrant, lui confiant ainsi une improbable mission. À cette époque, elle croyait à l'impossible. Aujourd'hui, elle le vivait. Et ça ne ressemblait pas à ce qu'une enfant, même douée, aurait pu imaginer.

Un camion de pompier et deux voitures de police filent à vive allure. Elle émerge de sa rêverie, court vers la chapelle. Plus elle s'en approche, plus le feu rugit dans le clocher, fuse par les vitres éclatées. « Alvine ! Mon fils ! Dans la sacristie ! » Elle veut s'y précipiter, un pompier la retient, elle hurle à la mort telle une louve assistant à l'agonie de ses petits. Malgré le froid, la foule s'agglutine sur les lieux du drame. Le feu embrase la chapelle tout entière, jette des cris de colère. L'hiver semble figé sous les flammes voraces. Pendant qu'un mur s'effondre, Clarisse continue de lancer ses appels de détresse. « Mon fils est là-dedans ! Je l'ai abandonné comme une mauvaise mère ! Sauvez-le ! » Une femme vient la rassurer. « Faut croire au miracle, madame, priez très fort. »

Quand on a comme elle une vie d'errance, de froid et de misère noire, qu'on n'arrive jamais à manger à sa faim, à se loger convenablement, quand son destin sécrète du malheur, rien que du malheur, à quoi ça sert de prier ? Loretta l'a déjà secourue dans des situations aussi périlleuses. *M'man, y a pas de meilleur esprit que toi pour se prendre pour le bon Dieu. J'en arrache, pis ton petit-fils est en danger de mort, fais don' de quoi, pour l'amour du ciel !*

Dans un nuage de fumée, le pompier émerge avec Alvine agrippé à son cou. L'enfant est sain et sauf. Il saute dans les bras de sa mère, lui dit que les statues l'ont protégé, que Grococo est mort brûlé parce qu'il s'est avancé dans le feu pour essayer de l'éteindre avec ses pattes. Voilà l'histoire qu'il a inventée afin de s'expliquer sa disparition.

La vérité était bien différente. Alvine dormait au pied de la Vierge. Steven et Sébaste pénétrèrent dans la chapelle avec un bidon d'essence. Grococo s'approcha en grognant. Les mauvais larrons se précipitèrent sur la bête, l'immobilisèrent non sans peine et l'égorgèrent froidement. Après quoi, fiers de leur coup, comme s'ils se livraient à quelque rituel barbare, ils mirent le feu en jubilant, exécutèrent une danse débile et déguerpirent.

Réveillé en panique, Alvine pleure, crie, tousse. Son chien ne répond pas à ses appels à l'aide. Et sa mère, elle n'est pas encore de retour. Il voudrait faire quelque chose mais s'évanouit dans les bras de la Vierge. Autour de lui coule un étrange courant d'eau et d'air. Béni des dieux, l'enfant semble enveloppé dans une bulle qui le protège des attaques du feu et de l'asphyxie. Fendant les flammes, plus grand que nature, Hector vient le chercher. Marie embrasse Alvine pour lui réinsuffler un peu de vie. Certain qu'il s'en tirera, le vieil itinérant le remet au sauveteur étonné...

La chapelle s'écroula dans un étourdissant ballet d'étincelles. Clarisse fondit en larmes. Les pompiers trouvèrent, sous les ruines fumantes, la carcasse calcinée de Grococo et, miraculeusement intactes, les fameuses statues. Ce soir-là, crispées comme du cristal, les étoiles jetèrent sur la grande ville hallucinée une lumière famélique.

*

Après une course folle en ambulance, ils passèrent le reste de la journée dans un couloir d'hôpital. Couchés sur la même civière, ils avaient peine à se calmer. Alvine pleurait la perte de Grococo. Sa mère lui expliqua que son chien était un vrai héros et qu'il fallait se souvenir de lui ainsi. L'enfant restait inconsolable. « C'était mon ami. »

Le médecin de garde l'examina, le trouva plutôt blême et anémique, lui fit passer une radiographie afin de vérifier s'il n'avait pas de pneumonie. Clarisse dut expliquer qu'elle vivait dans la rue, elle n'avait ni argent ni carte d'assurance maladie, ce qui n'arrangeait guère les choses, la vie était dure pour eux. Le docteur poussa un soupir et sortit. De retour après de longues minutes, il lui remit une bouteille de sirop. Alvine n'avait pas été intoxiqué par la fumée, il ne souffrait que d'une vilaine toux due à l'influenza. Ça passerait. « Je vous renvoie tout de suite aux services sociaux. Ils vont vous aider. » Elle lui dit que ce n'était pas la peine. « J'ai déjà un dossier à la Maison des jeunes. Je rencontre régulièrement quelqu'un », mentit-elle. Le médecin sembla sceptique. « Vous en êtes sûre ? » Il la regarda droit dans les yeux. Elle ne put soutenir son regard pendant qu'elle faisait oui de la tête. « Je vous signe votre congé pour demain matin. En attendant, vous dormirez dans le couloir cette nuit avec les autres patients. J'ai rien de mieux à vous offrir. » Elle le remercia, lui demanda une faveur : une paire de ciseaux. Elle coupa la tignasse noire d'Alvine endormi et n'y trouva curieusement aucune vermine. En frôlant les cornes de son fils, elle sentit un étrange picotement au bout de ses doigts. De toute évidence, ce n'était pas une simple anomalie.

Des policiers vinrent l'interroger. Elle craignit de revoir celui qu'elle avait semé dans sa fuite. Non sans hésiter, son degré de paranoïa grimpant d'un cran, elle raconta aux enquêteurs sa version des faits. Ils lui dirent qu'il s'agissait d'un incendie criminel. Savait-elle qui avait allumé le feu ? Était-elle seule à squatter la chapelle ? Pouvait-elle leur fournir des noms ? À ces questions, elle répondit par un mensonge. Bien entendu, elle aurait pu leur parler de Steven et Sébaste, certaine qu'ils étaient dans le coup. Ça leur ressemblait trop. Mais risquer de le dire signifiait qu'elle pourrait être incriminée. Les voyous lui avaient avoué le meurtre d'une vieille femme. Être accusée de complicité, voilà ce qu'elle redoutait. Elle non plus, depuis qu'elle avait perpétré un larcin, n'était pas au-dessus de tout soupçon. *Sont ben capables de me faire passer la nuit dans une cellule. S'ils servent à manger, j'haïrais pas ça, je pense…*

Les policiers repartirent. Le reste ne dépendait pas d'elle. Au cas où ils voudraient la joindre, elle commit un autre mensonge en leur fournissant l'adresse de ses anciens maîtres chez qui, leur fit-elle croire non sans retenir un sourire, elle allait souvent se réfugier. *Leur donner une maudite bonne frousse à ces malades-là, je demande pas mieux!*

« Mat! Mat! » Alvine venait de reconnaître son ami du village de carton. À l'instant où Clarisse et son fils sortaient de l'hôpital, Mat s'apprêtait à y entrer en compagnie d'un inconnu à l'allure louche. Il avait un œil au beurre noir et plusieurs coupures au visage. Mat travaillait pour un caïd qui l'avait intégré dans son réseau. Il s'était fait tabasser par quelques membres d'un gang de rue qui n'aimaient pas le voir vendre de la drogue sur leur territoire. Clarisse aurait voulu lui dire qu'elle regrettait, qu'elle aurait aimé le garder dans son entourage pour l'aider, son fils était si attaché à lui. Mais elle n'en fit rien, trop prise par des émotions contradictoires.

Alvine lui tendit les bras, le supplia de rester avec lui. Mat lui jeta un regard effaré. Poussé par l'inconnu, il s'engouffra sous le portique. L'enfant n'eut pas le temps de lui envoyer la main. « Pourquoi il nous aime pus ? » Elle pensa à quel point la rue était souffrance pour ceux qui l'habitaient. Au-dessus d'elle, le nuage noir s'étira longuement, répandant telle une tache d'huile son ombre maléfique.

*

Encore sous le choc, elle revint sur les lieux de l'incendie, ne sachant trop pourquoi. Peut-être y cherchait-elle un signe, une révélation qui lui indiquerait la suite des choses. Elle franchit le périmètre de sécurité, marcha dans les décombres. Sous ses pas, les cendres formaient des plaques durcies par le froid. Alvine trouvait l'endroit désolant. Il en avait chassé les mauvais souvenirs, sauf la mort héroïque de son chien qu'il pleurait en silence.

Les statues avaient déjà été récupérées par un antiquaire spécialisé en art religieux. Clarisse se tint à l'endroit même où elles se trouvaient avant l'incendie. Quelque peu intrigué par l'attitude de sa mère, Alvine ne soufflait mot, impatient de comprendre ses intentions. Il souleva innocemment quelques planches noircies. Les rats ne demandaient pas mieux. Tapis depuis trop longtemps, ils émergèrent par bandes désordonnées. Il fut le premier à les voir apparaître autour de lui. Clarisse, à son tour, ses yeux fouillant le sol, les aperçut courant en tous sens, désorientés, se bousculant, en quête d'une impossible nourriture, plusieurs avec le poil roussi, mais toujours vivants, éternels rescapés des pires catastrophes.

Comme une automate, elle se pencha lentement, en saisit un, se releva, imperturbable. Dans quel état de torpeur fallait-il être pour agir avec un tel sang-froid? Indéniablement, elle n'avait pas conscience de ce qu'elle accomplissait. Alvine ne savait quoi penser. Il était très inquiet.

Elle a si faim. Elle regarde la bête droit dans les yeux. Le rat couine sous ses doigts. Elle ouvre la bouche, en approche l'animal qui se tortille. Alvine s'agite. Sa mère ne va quand même pas en prendre une bouchée! « Non, c'est pas bon! » Clarisse n'entend rien. Elle s'imagine tenir une belle brochette de bœuf bien assaisonné et juteux, de la viande de la meilleure qualité, dans laquelle elle mordra à pleines dents. La salive lui dégouline aux commissures des lèvres. Elle transpire d'excitation. Elle a tellement faim qu'elle dévorerait un éléphant tout rond…

Affolé, Alvine écarquille ses yeux rouges. Ce spectacle abject lui est insupportable. Il doit intervenir. Tout d'un coup, la bête est éjectée de la main de sa mère qui se mord les doigts. La douleur la sort brutalement de son rêve éveillé. Dès qu'elle se rend compte de ce qu'elle s'apprêtait à faire, paniquée à la vue des rats grouillant et sautillant à ses pieds, elle crie si fort que les gens des alentours accourent, certains qu'il s'est produit quelque chose de grave. *Ç'a pas d'allure, mon affaire!*

Fâché contre elle-même d'avoir attiré l'attention, elle prétexta un moment d'égarement, s'excusa presque. *Faut que je me raplombe.* Fier de lui, son fils lui tendit la main.

*

Ils passèrent le reste de l'hiver à flâner dans des lieux publics le jour, à rentrer au refuge le soir pour dormir et y rester le matin pour déjeuner. Les ayant pris en affection, Maurice leur garantissait une place. Clarisse finit par s'habituer à la promiscuité. Au moins, ils étaient au chaud et en sécurité.

Son moral glissait sur une pente abrupte. Si elle s'était montrée forte et courageuse depuis qu'elle vivait dans la rue, voici qu'elle doutait de pouvoir maintenir ce régime insensé. Même si son fils grandissait en se montrant raisonnable, il avait besoin de stabilité, d'un environnement plus sain. Constance avait eu raison de la mettre en garde contre la sous-vie. Clarisse jonglait avec l'idée qu'elle ne tiendrait plus le coup encore longtemps. *C'est toujours la même maudite question qui me trotte dans tête : où est-ce que je m'en vas ?*

Elle n'aurait pas dû se rendre sur le site de l'ancien village de carton, espérant y retrouver la solidarité d'autrefois. Elle n'aurait pas dû se joindre aux quelques curieux observant la scène macabre avant même l'arrivée des ambulanciers et des policiers. Elle n'aurait pas dû voir baignant dans son sang, immonde tache rouge sur la neige blanche, l'homme qui gisait sur le dos. Elle n'aurait pas dû entendre les témoins affirmer avoir aperçu trois individus louches tirer des coups de feu en direction de la victime. Non, elle n'aurait pas dû, animée par une curiosité malsaine mais irrépressible, comme s'il s'agissait de sa propre existence, s'avancer vers le cadavre encore chaud, ni se pencher sur son jeune visage...

*

Ça allait de mal en pis. Le meurtre ayant passablement ébranlé ses dernières défenses intérieures, elle était sur le point de craquer. Heureusement, elle avait réussi à cacher à son fils l'horrible tragédie. Au moment de la découverte, l'enfant dormait dans ses bras. Elle avait quand même eu le réflexe de mettre sa main sur ses yeux pour le soustraire à la vue du cadavre de Mat.

Elle sentait sur ses épaules un poids intense dont, malgré l'arrivée des beaux jours, elle ne parvenait pas à se libérer. Elle n'avait plus envie de rien. Le moindre effort lui coûtait. Dans ses pires moments, elle s'imaginait que son parcours était sans issue. La police l'avait à l'œil, la poursuivait en catimini, la traquait. Des bandits, pareils à ceux qui avaient assassiné Mat, souhaitaient la tuer à son tour. Quand elle croisait des gens dans la rue, elle fuyait leurs regards qu'elle jugeait toujours insistants, voire menaçants. De toute évidence, on l'épiait. Comme Lucinthe et ses redoutables comparses, on lui voulait du mal. Le nuage noir se ramifiait, déployait de fins tentacules cotonneux. Un plan odieux, une machination terrible se tramait en secret pour se débarrasser d'elle, la lyncher en public, exterminer la vermine qu'elle était devenue aux yeux des autres. Avec son enfant morveux et crotté, elle faisait partie des rats de la grande ville, ceux que des gamins sadiques pourchassaient et massacraient à coups de bâton. Clarisse les avait vus à l'œuvre près de la ruelle. Comme ils s'amusaient !

Son fils ne cessait de revendiquer le droit d'avoir du pain. Il chignait constamment depuis quelque temps. Elle se montrait impatiente. Parfois elle feignait de dormir pour avoir la paix. Vaincu par son indifférence, il s'endormait sur elle, mais il n'arrivait plus à calmer le démon de la faim en le gavant de rêves appétissants.

Décidée à trouver une sortie de secours, elle se leva d'un bond. Il était temps de secouer sa léthargie. « Envoye, grouille, mon gars, à matin, on se paye la traite ! » L'enfant ne se fit pas prier.

Elle se dirigea dans un quartier où les gens étaient aussi démunis qu'elle, même s'ils avaient la chance de posséder un toit, de manger deux ou trois repas par jour, quitte à rogner sur le reste pour se les offrir.

Elle fouillait dans les poubelles des pauvres, voilà où elle en était rendue. « Ça pue ! » lança Alvine, dégoûté. Bien entendu, elle se contenterait de peu. Au pire, elle se priverait pour son fils. Elle n'avait plus que l'énergie du désespoir. Et malgré tout, c'était ce qui la faisait avancer, la nourrissait intérieurement.

S'attendait-elle à découvrir un fabuleux festin ? Elle ne trouva rien de vraiment bon dans les déchets, à part quelques épluchures qu'elle avala les yeux fermés et que son fils goûta du bout des lèvres. *M'man, j'ai faim, moi !*

Elle aurait dû se rendre dans un quartier cossu. Les riches jetaient au rebut des sacs verts regorgeant d'aliments comestibles. Elle en était persuadée. Mais elle avait peur de leur intolérance crasse. Elle craignait leurs chiens dressés à l'attaque et les policiers qui patrouillaient pour assurer leur sécurité.

« Y a rien à manger dans vos maudites poubelles, gang de cochons! Vous l'avez fait exprès pour m'écœurer! » hurla-t-elle, frustrée, le poing levé. Ça ne lui ressemblait pas. Elle pourtant si craintive, si méfiante, la voici au bord de la crise. Du même coup, elle aurait souhaité vomir sur la planète entière qui se moquait de sa faim.

*

Se nourrir pour ne pas mourir, ce besoin primaire poussa le loup jusqu'à la lisière du sous-bois. Après avoir reniflé le sol là où la terre avait été retournée, il crut avoir flairé une proie facile. Avec avidité, il se mit à creuser. La poupée de chiffon y dormait toujours. Elle était très sale. Le loup planta ses crocs dans ses nattes rousses. Dégoûté par sa fadeur, il la recracha aussitôt, la projeta devant lui avec son museau, l'abandonna entre deux grosses roches, coincée, inerte.

Au même moment, Clarisse, réveillée en sursaut, se dressa dans son lit. Son cœur battait la chamade. N'avait-elle fait qu'un cauchemar? Elle s'interdit de déranger sa mère qui devait se lever tôt tous les jours afin de gagner durement sa vie. Pour se calmer, elle déposa sa tête sur l'oreiller, ferma les yeux. En écho à son cœur de petite fille endeuillée lui parvinrent des hurlements désespérés.

*

Quelque chose se trame. Une première femme sort de chez elle, une deuxième, une troisième, puis un homme, un deuxième, un troisième, et, imitant leurs parents, des mioches, la morve au nez, avec lesquels Alvine aurait pu jouer. Il fait si beau en ce printemps hâtif.

Dans la rue, ils sont dix, vingt, trente, quarante, cinquante à taper sur des casseroles avec une grosse cuillère en se dirigeant vers Clarisse, l'arrogante itinérante qui osent venir les houspiller jusque chez eux. Ils ne se laisseront pas insulter de la sorte. Oh non! Elle sait très bien quoi penser de cet accueil et s'en veut. Ces gens ordinaires ne méritaient pas ses invectives.

Elle tente un sourire, marmonne des excuses, se renfrogne, recule. Alvine, lui, trouve amusant le bruit des tambours de métal. Ça lui rappelle le tapage qu'il faisait avec un vieux chaudron chez Lucinthe. Il n'a pas peur. « Sont comiques eux autres, m'man. »

Des voix hostiles s'élèvent par-dessus le fracas des casseroles. Les mêmes mots, horrible mélopée ascendante, sont scandés en chœur. « Parasite! Parasite! *Scram!* Parasite! Parasite! *Scram!* »

Elle se met à courir. « C'est quoi, parasite, m'man? » Le mot sonne comme une pétarade aux oreilles d'Alvine. Cette musique loufoque l'amuse.

Les pauvres accélèrent le pas, se lancent à sa poursuite, sans cesser de l'injurier. La ville entière semble leur appartenir. On dirait qu'ils n'en veulent qu'à elle. Alvine frappe des mains, bat la mesure, rit aux éclats. Clarisse souffre. Voir son fils s'amuser à ses dépens lui fait l'effet d'un coup de poignard dans le dos.

En chemin, attirés comme des aimants, d'autres joignent les rangs des ennemis. Ils sont désormais près d'une centaine. Et ce n'est pas fini. Hargneuse, la foule se dégourdit, s'amplifie, se gonfle, se déchaîne. « Parasite! Parasite! *Scram!* Parasite! Parasite! *Scram!* »

Clarisse court à grandes enjambées, elle manque de tomber à quelques reprises, se reprend, puisant en elle des forces nouvelles, insoupçonnées, malgré le sang entre ses cuisses, son estomac vide qui crie famine et Alvine de plus en plus lourd.

En plein milieu du pont, elle s'arrête, s'appuie sur le parapet. Quelques voitures ralentissent. Leurs passagers la dévisagent. Les poursuivants, eux, paraissent loin, invisibles. Ont-ils abandonné la partie?

La vie meilleure, qui l'avait attirée dans la grande ville, elle n'en a pas vu la moindre couleur, sauf du noir, comme de la misère mur à mur, qu'elle broie sans cesse. Elle regrette tellement d'y avoir cru. Découragée, elle regarde le fleuve. Alvine se pâme sur un bateau. Ce serait si facile de sauter avec son fils, ils n'auraient plus jamais besoin de chercher à manger, à se loger, personne ne s'apercevrait de leur disparition. Dans un moment d'extrême faiblesse, elle se penche un peu trop.

Alvine voit tout de suite le danger, il ne rit plus, « 'tention m'man ! » Étourdie, elle a perdu la juste mesure, son fils s'agite, le mieux serait de lui mettre la main sur les yeux, elle enjambe à moitié le parapet, elle essaie de se donner un élan, l'enfant proteste de plus belle, il s'accroche à son cou, elle ne criera même pas, elle protégera Alvine du choc, ça ne fera pas mal, ils ne plongeront pas, *on va s'envoler, mon fils pis moi, on est des anges.* Mais le gros nuage noir, menaçant, qui la traque depuis belle lurette, se rapproche, descend lentement pour l'envelopper, l'é-touffer, la gober comme une plante carnivore.

C'EST LE TEMPS QUE TU T'ARRANGES TOUTE SEULE

Chez Loretta, triste restaurant abandonné toujours situé dans le même patelin perdu près de la frontière, on avait placardé portes et fenêtres par peur du vandalisme. Les autorités municipales, après avoir vu la place désertée et cherché en vain la propriétaire, s'en étaient chargées en se promettant de lui refiler tôt ou tard la facture.

Durant le trajet, Alvine endormi dans ses bras, Clarisse, pour libérer son âme, évoqua ses nombreuses mésaventures. Le cadavre de Mat taché de sang hantait son esprit. Elle n'aurait pas assez du reste de sa vie pour tenter d'apprivoiser, à défaut de pouvoir la chasser complètement, cette image morbide et douloureuse.

À son tour, Pedro donna sa version des événements. Dès qu'il vit dans le journal la photo de Clarisse aux prises avec les forces de l'ordre, il se sentit responsable de son malheur. Après tout, il l'avait amenée, lui, dans la grande ville. Qu'était-il arrivé ? Il alla cogner à la porte des religieuses. « Si on l'avait vue, cette pauvre fille avec son enfant, on en aurait pris soin. » Consternées, elles promirent de prier pour elle. Par la suite, toujours à sa recherche, de plus en plus anxieux de l'avoir perdue, il ne manqua jamais une occasion de sillonner les rues.

Le jour du sauvetage, il jura avoir entendu une voix lui souffler à l'oreille qu'il devait prendre la direction du pont, Clarisse et son fils étant en péril. Dès lors, tout se mit à s'accélérer. On aurait dit que son camion avait des ailes. « Yé contrôlais plous rien. » Il crut que sa dernière heure avait sonné. Quand le poids lourd retomba sur ses roues, il les aperçut au bord du vide. « Qué y'étais content d'arriver ! » Il se précipita sur eux pour les soustraire au danger. « Yé mé souis senti comme un héros. » Clarisse pensa à son père qui, lui, avait eu moins de chance. Personne n'avait pu le secourir. Wayne avait-il désiré prendre sa revanche sur le destin ? *Ça serait-tu toi, p'pa, qui a guidé Pedro ?*

Ils s'arrêtèrent dans une halte routière, profitèrent de la présence d'une cantine mobile pour se restaurer. Lorsque Pedro désira savoir si elle avait vraiment eu l'intention de plonger dans les eaux glacées du fleuve, elle haussa les épaules, fixa la ligne blanche et, jusqu'à la fin du voyage, se tut.

*

Clarisse retrouva ses racines comme on chausse une vieille paire de pantoufles. Dès son arrivée, elle se sentit mieux. La reprise en charge fut immédiate. Une fois absorbée par le boulot, elle ne parut plus préoccupée par son passé récent. Une énergie increvable s'empara d'elle et ne devait plus la quitter. Elle éprouvait l'envie d'aller de l'avant, une irrésistible faim de vivre qu'elle désirait transmettre à son fils. *J'en aurai pas arraché autant pour rien. Mon gars pis moi, on va être heureux.*

Ils déclouèrent les planches de bois qui bloquaient l'entrée et masquaient les fenêtres. À l'intérieur, ils dépoussiérèrent allègrement. Alvine s'occupa de détruire les toiles d'araignée en imaginant des histoires de maison hantée. Clarisse fit le même grand ménage dans l'appartement. Elle sentit des odeurs familières, inchangées, *le fantôme de m'man doit sûrement se cacher quelque part*, l'espace étant encore imprégné de sa présence. Alvine allait dormir dans un vrai lit. *Wow, c'est le fun! Ça va être chaud!*

Afin de s'assurer du bon déroulement des choses, Pedro resta plusieurs jours, régla quelques questions administratives avec les autorités municipales, négocia une marge de crédit pour Clarisse, ce qui lui permit en outre de payer ses comptes, et s'en porta garant. Toutes forces réunies, l'entreprise fut remise à flot. Par pure vengeance, hantée par les coquerelles qui avaient proliféré sans vergogne, Clarisse ne manqua pas de recourir aux services d'un exterminateur. Révolue, l'époque de la vermine! Les inspecteurs de la ville, s'ils se manifestaient, n'auraient pas d'autre choix que de lui décerner un certificat de salubrité.

Au moment de partir, elle confia à son ami la mission de publiciser la réouverture du restaurant auprès de ses camarades camionneurs. La place devait fourmiller de monde comme à l'époque de sa mère, elle y mettrait le temps et l'effort, s'occuperait de la nourriture. Servis dans une ambiance conviviale, les déjeuners de Clarisse seraient un festin, ça allait de soi. *Mais faut que tout soit mieux qu'avant.* Aussi commença-t-elle par ajouter sa touche personnelle : désormais, au centre de chaque table, trônerait une belle corbeille de petits pains variés. Jamais plus elle n'en manquerait. Elle encouragerait les clients à s'approvisionner pour la route. Afin d'assurer le service, elle engagea Miriam, une fille du coin, seize ans à peine, prête à gagner sa vie. Sa mère avait travaillé au restaurant durant l'enfance de Clarisse.

Elle alluma le fourneau sur lequel Loretta avait fait rissoler les pommes de terre, cuire les œufs et le bacon. Elle sentit que sa mère lui prenait la main, l'entendit lui demander pourquoi elle était partie, si seulement elle n'avait pas eu cette idée folle, ça n'avait pas de bon sens, elle s'était tant inquiétée pour elle, même si elle veillait au grain. Par bonheur, Alvine était devenu un beau garçon et Clarisse, une bonne mère. Loretta était fière d'elle. Sa fille possédait toutes les qualités pour relancer l'entreprise avec succès. Mais si le salaud qui l'avait engrossée se pointait, elle reviendrait sur terre juste pour le saigner à blanc et en faire du bon gros boudin noir. Clarisse sourit sans retenue. *M'man, repose en paix.*

*

Beaucoup de routiers, en majorité les mêmes habitués qu'avant, s'étaient donné le mot pour assister à la grande réouverture de Chez Loretta & Fille, comme l'indiquait la nouvelle enseigne sur la devanture. Le ventre creux, ils mouraient d'envie de renouer avec les déjeuners d'autrefois, de voir comment avait tourné la p'tite, il semblerait qu'elle avait bien failli y passer là-bas, une fille courageuse en tout cas, et son fils, pauvre bébé, il devait avoir grandi, lui qui s'endormait en pleurant à côté de la caisse. Sur l'identité du père, les routiers soupçonnaient ce maudit fendant d'Alwyn, un Américain séducteur comme pas un. Les femmes tombaient dans ses bras, succombaient au charme de son regard particulier. Des mauvaises langues prétendaient qu'il possédait déjà une nombreuse progéniture disséminée un peu partout aux États.

Des pères, ce n'était pas ce qui manquait. L'enfant avait rapidement investi les lieux. Il connaissait les clients, leur racontait candidement sa vie dans la ruelle. Les routiers entendaient ainsi parler du vieil Hector, de Constance, de Grococo, des bons et aussi des méchants. Étonnamment, il ne semblait pas avoir oublié grand-chose. « J'ai aussi joué dans un village en carton avec mon ami Mat. Pis j'ai conduit un très gros tracteur. »

Ses yeux flamboyaient. Tous le trouvaient très attachant, se souvenaient de leurs propres enfants qu'ils voyaient trop peu souvent. Ils ne venaient plus seulement pour la nourriture mais aussi pour converser avec lui. Des clients lui fabriquèrent une couronne avec des serviettes de table et le sacrèrent roi de la place. Alvine déambula fièrement entre les tables. « Comment il était, ton chien ? » Il réprima un sanglot. « Il avait du poil noir et des grandes oreilles pointues mais pas de cornes. C'était le meilleur ! » Tout le monde applaudit. Cette bonne humeur arriva jusqu'à Clarisse en train de suer au-dessus de ses fourneaux. Trop heureuse de renouer avec ces gens, sa vraie famille, elle n'avait ni le temps ni l'intention d'être rattrapée par son ancienne vie.

*

Le facteur lui remit une lettre qui lui rappela un mauvais épisode du passé. Les mêmes fonctionnaires responsables de la mort de sa mère annonçaient leur visite. Elle prit sur elle. Non, elle n'avait pas à craindre ces énergumènes. Elle allait toutefois leur servir un menu spécial.

Quand ils entrèrent dans le restaurant bondé, elle les accueillit avec une politesse forcée. Habitués, ils en firent peu de cas, s'empressèrent de fouiller les moindres recoins. Tout fut passé au peigne fin. Ils ne trouvèrent, bien entendu, aucune vermine. Triomphante, Clarisse, en attente de félicitations qui ne vinrent pas, dut se contenter d'un papier officiel. « Mais restez don', vous avez le temps de prendre le meilleur déjeuner de la région, je vous l'offre, ma mère serait tellement contente… » Les deux inspecteurs, après s'être fait prier, acceptèrent. Si l'établissement était propre, la nourriture serait excellente.

Ils mangèrent goulûment. « C'est-tu à votre goût ? » s'enquit-elle à plusieurs reprises. La bouche pleine, ils acquiescèrent généreusement, osèrent affirmer que c'était un vrai régal. Clarisse s'abstint de leur dire qu'elle avait concocté une mixture bien grasse à laquelle elle avait ajouté, à défaut de coquerelles, quelques insectes hachés très fin capturés par Alvine lui-même. *Ça les fera pas mourir. Paraît que c'est plein de protéines.* Les œufs des inspecteurs avaient baigné dans cette glu avant d'être servis brouillés et nappés de sirop d'érable pour masquer tout goût suspect. *Ça leur apprendra à mépriser le monde ordinaire qui travaille fort, hein, m'man ?*

*

Malgré sa bonne volonté, Clarisse n'était pas à l'abri des réminiscences. Au moment de mettre au four une grosse chaudronnée de fèves au lard, elle crut apercevoir nulle autre que Lucinthe. Son ancienne patronne, sourire en coin, pendant qu'elle caressait le groin d'un porcelet farci, tout en la complimentant sur ses talents culinaires, exigea de voir Alvine. Clarisse agita ses bras devant elle pour la chasser. Son initiative n'eut pour seul résultat que de faire surgir Mortimer nu sous sa robe de chambre entrouverte. On aurait dit qu'ils s'étaient donné rendez-vous pour l'effrayer. Vite, elle devait se débarrasser de ces deux clowns-là ! Pendant quelques secondes, elle ferma les yeux en se répétant qu'ils n'existaient pas… Son stratagème fonctionna. Elle poussa un grand soupir de soulagement. *J'ai trop d'ouvrage pour me faire des peurs avec des visions.*

*

Ses journées étaient épuisantes. Le soir venu, bien que fourbue, elle élaborait des projets dans sa tête. Par exemple, dès qu'elle pourrait se le permettre financièrement, elle songeait à engager un aide-cuisinier et à offrir un menu déjeuner plus varié. Devant le succès indéniable de son restaurant, elle envisageait d'agrandir afin d'accueillir plus de clients. Elle ne pouvait pas constamment refuser du monde. Elle aimerait aussi ajouter une annexe et exploiter un *bed and breakfast* pour routiers en quête de chaleur et de confort. Et qui sait si un jour, des deux côtés de la frontière, on ne trouverait pas des franchises de Chez Loretta & Fille ? Ses ambitions sans bornes la stimulaient.

Pendant qu'elle tournait le bacon, elle pensa aux cornes d'Alvine. Si leur existence était restée un secret entre la mère et le fils, elle se dit qu'avec l'âge, les protubérances pourraient grossir et devenir apparentes. *Je veux pas qu'il ait l'air handicapé, pis qu'il fasse rire de lui.*

Elle demanda à Miriam de garder le restaurant, le temps d'une consultation chez le médecin avec Alvine. En chemin, elle lui expliqua que ce serait préférable de devenir pareil aux autres. « Y a juste les bêtes qui ont des cornes, je te l'ai déjà dit », lui répéta-t-elle lorsqu'elle le sentit inquiet de subir une intervention chirurgicale. Après tout ce à quoi il avait échappé, ce n'était pas une opération routinière qui allait le terroriser. Il n'en aurait même pas connaissance.

Dans sa tête d'enfant persistait un grand doute pareil à une plaie vive. Était-ce si important de devenir comme tout le monde ? Le docteur lui expliqua sa façon de procéder, lui fit un très joli croquis, se montra rassurant.

Loin d'être convaincu, Alvine voit rouge. Il se met à trépigner, à crier non non non, il ne veut pas qu'on lui enlève ses cornes, c'est pire que de lui couper les deux bras ! Clarisse essaie de le tranquilliser. « Mais chéri, les autres peuvent rire de toi. » Il s'en fout. S'ils se moquent, eh bien, il leur réglera leur compte. Il n'est plus un bébé ! Le médecin veut renchérir quand, tout à coup, il a l'étrange impression que son stéthoscope lui serre la gorge. Surpris par la détermination farouche de l'enfant, il arrache l'instrument non sans peine, lui fait signe de se calmer. D'accord, il a compris, il ne procédera pas à l'ablation. Inutile de le traumatiser. Plus tard, il sera toujours temps d'intervenir.

Cette différence peu commune lui donnant un pouvoir qu'il ne cernait pas encore tout à fait, Alvine sentait qu'il avait eu raison d'insister. Ses cornes, il les utiliserait à bon escient, ce n'était pas le médecin qui en déciderait, ni personne d'autre, *elles ont pas poussé pour rien, mais je ferai pas de mal avec.*

Pour se faire pardonner de l'avoir mis en colère, Clarisse décida de lui offrir un cadeau. Le lendemain, il poussa des cris de joie lorsqu'un chiot berger allemand vint à sa rencontre. Il le prit dans ses bras, le montra aux camionneurs attablés. « C'est un beau chien. » Il en était fier. Les clients le caressèrent, demandèrent à l'enfant s'il avait un nom. Quand il vit un vieux routier mettre un carré de cassonade dans son café, il décida d'appeler son chien Cassonade. Ce n'était jamais compliqué avec lui.

Intimidé par les clients, l'animal pleurnichait. Alvine l'installa dans une boîte derrière le comptoir, là où, bébé, il avait lui-même passé du temps à roupiller et à téter son biberon. La bête s'endormit parmi les bruits et les odeurs du restaurant. Elle s'habituerait assez vite au va-et-vient des clients, à leurs mains, à leurs caresses. Adulte, Cassonade serait un gros toutou fidèle et docile qui ne cesserait de battre de la queue. *Faut que j'embrasse m'man.* Clarisse se félicita de son idée.

*

Bien entouré, Alvine s'épanouissait de jour en jour, gagnait plus d'assurance. Son innocence avait-elle été altérée par ses premières années difficiles ? Chose certaine, les mauvais souvenirs ne semblaient pas le hanter. Occupée, Clarisse ne voyait pas les mois jouer à saute-mouton, s'étonna qu'il fût déjà le temps d'inscrire son fils à l'école.

Le jour de la rentrée, fébrile, elle l'accompagna jusqu'à l'arrêt d'autobus au bout de la rue. « Tu vas te faire plein d'amis. » Il ne se montra pas insensible à cette remarque. « Est-ce que je pourrai les inviter au restaurant ? » Ils seraient sûrement les bienvenus. « On leur préparera un bon déjeuner. »

Cassonade les suivit, geignit quand Alvine lui envoya la main. Clarisse essuya une larme. Quelque chose venait de prendre fin. Non, il s'agissait d'une nouvelle étape, rien de plus. Elle avait parcouru un chemin tortueux. Elle se sentait mûre, forte de ses expériences. Rien ne dérangerait leur bonheur. « Tu vas venir le conduire tous les matins pis le chercher tous les soirs. Faut que tu le protèges, c'est ton maître. » Cassonade pencha la tête d'un côté et de l'autre, recommença, essaya de décoder les propos de Clarisse, n'y découvrant que le cours normal des choses.

*

Il se plaisait beaucoup à l'école. Sa capacité d'apprentissage semblait illimitée. Madame Jasmine était naine. Cette différence la rendait sympathique. Puisqu'il s'agissait d'un être à part, il lui voua un amour immédiat. Elle aussi le prit en affection, ne cessant de le complimenter chaque fois qu'il répondait correctement à ses questions. Elle ne tarissait pas d'éloges sur sa conduite exemplaire et sa soif de tout connaître.

Au moment où il descendit de l'autobus, deux garçons qu'il ne connaissait pas l'attendaient sur le trottoir. Par malheur, Cassonade n'était pas là pour le défendre. Malade, il roupillait derrière le comptoir du restaurant. Le plus grand des deux l'aborda sans gêne en le traitant de bâtard. Alvine ignorait ce que ça signifiait. Il bafouilla quelques protestations timides. L'autre, arrogant, lui précisa que tous savaient qu'il n'avait pas de père et qu'il était un fils de pute.

Les malappris se moquèrent de lui. Devaient-ils le battre ? Fallait-il donner une bonne leçon à cette graine de vermine ? Non, ça ne valait pas la peine de perdre son temps à tabasser un enfant de chienne! « On veut pas se salir les mains. »

La tête pleine de tourments, les visages maléfiques de Steven et Sébaste, pourtant enfouis dans les cachots de sa mémoire, resurgissant soudain devant lui, Alvine ne peut se retenir davantage. Il voit rouge, rattrape les brutes, les provoque, leur fait face. Ses cornes vibrent, le sang lui monte aux joues, ses yeux s'embrasent, *on dirait que j'explose.* Terrifiés, les voyous tentent un recul, ils sont secoués de la tête aux pieds, avant d'être brusquement projetés au loin par une force extraordinaire... *Fallait juste que je me défende. Tant pis pour eux!* Ils déguerpissent en hurlant, persuadés d'avoir le diable à leurs trousses.

La nature avait gratifié Alvine d'un don fabuleux qui le prémunirait contre le mal pour le reste de sa vie. En toute connaissance de cause, il l'assumait puisqu'il était devenu grand.

*

Elle remarqua une grande flaque rouge sur le plancher de la cuisine. Quand elle constata que le sang répandu venait du cadavre de Mat, elle cria. Miriam accourut. Clarisse avait beau lui indiquer quelque chose au sol, lui dire de regarder, la serveuse ne voyait rien. En larmes, elle lui expliqua que Mat était mort et elle s'en voulait de l'avoir rejeté. Auprès d'elle, il aurait peut-être évité le pire.

Tout à coup, tandis qu'elle anticipait l'apparition imminente de Steven et Sébaste, un sentiment de panique l'envahit. « Au secours, c'est des assassins, ils approchent, empêchez-les de me tuer! » Miriam la serra dans ses bras, lui conseilla de se calmer, la rassura, elle n'avait rien à craindre, qu'elle prenne un peu de repos, elle s'occuperait des clients qui restaient. Le surmenage lui jouait-il de vilains tours? Était-elle détraquée? Elle tenta de se ressaisir. « OK, t'as raison, c'était juste dans ma tête, ça m'arrivera pus. » Heureusement, Alvine ne fut témoin de rien.

*

Sans prévenir, le passé en chair et en os la frappa de plein fouet. « Y a un gars qui te cherche », dit Miriam à sa patronne. Clarisse s'essuya les mains sur son tablier, sortit de la cuisine. Alwyn se tenait sur le seuil, tous les visages tournés vers lui. Les clients le reconnurent, n'osèrent parler, impatients d'assister aux retrouvailles. En le revoyant, elle comprit tout de suite qu'il ne l'intéressait plus. Avec le temps, ses émois de jeune fille s'étaient évanouis. Elle ressentait de la colère à son égard, le trouvant culotté de se pointer chez elle après tant d'années. Elle lui brandit un couteau à viande sous le nez et le chassa. Non, il n'était pas le bienvenu. Surpris par cet accueil cavalier, Alwyn, planté devant l'immeuble, resta coi. Elle verrouilla la porte. Les clients l'approuvèrent. Quelqu'un prit la parole. « Ben bon pour lui. C'est tout ce qu'il mérite. » D'autres voix se firent entendre. Ça discutait fort. « Un crisse de sans-cœur, pis un courailleux, ta mère aurait sûrement fait pire si elle l'avait trouvé en travers de son chemin. » Ça rigola. « J'ai rarement vu ça, avoir autant de front ! » Elle retourna dans la cuisine, laissa les gens placoter à leur guise. Tout le monde semblait de son bord. Il pouvait bien crever de faim, la supplier à genoux, il ne mettrait plus jamais les pieds dans son restaurant !

Soudain Alwyn cogna fort, cria qu'il était un client et qu'il voulait manger. Des camionneurs lui ordonnèrent d'aller voir ailleurs. Il ne lâcha pas prise, fit sauter la porte, trois colosses se levèrent pour l'empêcher d'entrer, il allait y avoir du grabuge, c'était certain, la p'tite n'avait pas le goût de le voir, qu'il retourne chez lui ! Miriam, impressionnée, courut de nouveau avertir sa patronne.

Une table renversée, des assiettes cassées sur le plancher, la bataille est commencée. Clarisse arrive, manque de glisser sur des œufs brouillés. « Ça va faire, calmez-vous ! » Alwyn est écrasé sous deux mastodontes qui veulent lui mener la vie dure, il se libère très aisément, gêné de montrer sa force herculéenne, se confond en excuses, dit qu'il venait juste goûter au meilleur déjeuner de la région, comme avant. Elle se montre conciliante, lui demande de s'asseoir sagement au comptoir, le temps qu'elle lui prépare quelque chose, après il part et on n'en parle plus.

Aidée par quelques clients, Miriam ramassa les dégâts en pleurant. Alvine choisit ce moment pour revenir de l'école avec Cassonade. Il s'arrêta sur le pas de la porte, constata le désordre. Le chien engloutit une tranche de bacon oubliée par terre, ça ferait ça de moins à nettoyer. L'enfant se dirigea droit vers la cuisine et s'informa.

Clarisse lui expliqua qu'une personne indésirable avait voulu entrer et que ça avait déclenché une bagarre. Elle ne lui dit pas que le trouble-fête était assis au comptoir et qu'il l'avait certainement vu. « T'as pas appelé la police ? » Elle ne répondit pas, lui conseilla d'aller jouer avant la fermeture du restaurant. Après quoi, comme tous les soirs, ils monteraient à l'appartement et elle lui préparerait quelque chose à manger.

L'enfant obéit. Il repassa par le restaurant pour sortir avec Cassonade, aperçut l'homme au comptoir, ne parut guère insensible à son sourire insistant. Ils se ressemblaient. Alwyn aimait les enfants et s'arrangeait pour se faire aimer d'eux. Il semblait content de cette nouvelle paternité qu'il comptait bien revendiquer.

Elle lui apporta son repas. « What's his name ? » D'accord, elle l'avait presque oublié au fil des ans, mais là, vraiment, ça frappait tout le monde. Aucun doute possible, le rouge de ses yeux, l'enfant tenait ça de lui. « None of your business ! », répondit-elle avec fermeté.

Il désirait tant le connaître, promit de s'en occuper, de payer pour son éducation. Ils trouveraient sûrement un arrangement acceptable. À vrai dire, il plaida plutôt bien sa cause. En revanche, elle lui laissa très peu d'espoir. Elle s'était toujours débrouillée sans lui. Depuis la réouverture du restaurant, elle avait retrouvé la stabilité, pas question qu'il s'immisce dans leur vie et vienne tout chambarder. Son fils n'avait jamais exprimé le besoin d'avoir un père ni même été curieux de savoir qui c'était. Que changerait l'arrivée d'Alwyn ?

Une fois le repas terminé, il lui demanda de réfléchir à sa proposition. « I'll be back in three days. » Il lui remit un généreux pourboire. Dehors, confiant, il salua Alvine qui, avant d'aller s'amuser dans le chemin près du sous-bois, lui rendit son salut innocemment.

L'enfant y venait souvent avec son chien. Les deux adoraient la nature. Là, en toute liberté, à l'abri des regards indiscrets, il mesurait l'ampleur de son pouvoir. Cassonade devint son cobaye. L'animal se laissait mener par son jeune maître. Alvine lui lança la balle, se concentra sur sa course, fixant avec intensité la bête excitée par le jeu. Tout à coup, comme s'il n'y avait rien de plus naturel au monde, Cassonade fut soulevé sur une bonne distance et atterrit en douceur à côté de la balle. Alvine se mit à rire. Le chien trouva ça drôle. Ses pattes transformées en ailes graciles, il était un papillon. *Quand je serai encore plus grand, je pourrai déplacer des montagnes, pis m'man aura pus peur du méchant monde.*

*

Alvine lui demanda à brûle-pourpoint qui était le monsieur qu'il avait vu plus tôt. Clarisse se montra quelque peu évasive. « Bof, personne d'important. » Un client ordinaire, rien de plus. « Il avait l'air très gentil en tout cas. »

Incapable de se dérober davantage, elle s'assit en face de son fils, lui raconta, non sans difficulté, l'histoire du petit garçon qui n'avait pas de papa et dont le papa tout à coup voulait le connaître. Entre le début et la fin, la maman et son fiston avaient vécu toutes sortes d'aventures et rencontré toutes sortes de gens gentils et moins gentils. Puis un jour la maman avait décidé que… Elle ne put continuer, prétexta qu'elle ne connaissait pas la suite. Son âme était en train de se noyer dans les larmes qu'elle retenait. « C'est assez pour aujourd'hui. Va te coucher si tu veux être en forme demain. Je serai toujours là pour toi. » Il lui donna un gros câlin et en profita pour lui avouer ce dont elle se doutait, surtout depuis la visite chez le médecin où il avait défendu l'existence de ses cornes avec ardeur : il possédait un don. Il le lui démontra brièvement en déplaçant quelques objets. Fort de son pouvoir, il lui promit que jamais plus personne ne l'incommoderait. Elle sourit, l'étreignit à son tour. Sa tête était chaude. Elle s'abstint de le mettre en garde, de lui conseiller d'agir prudemment. Il avait beau n'être encore qu'un enfant, elle lui accordait toute sa confiance. *Mon fils est très bien armé pour affronter l'avenir.*

En pleine nuit, il la réveilla. « Mon amour, t'es-tu malade ? » Non, il avait juste rêvé au petit garçon qui n'avait pas de papa et en avait déduit que cet enfant lui ressemblait comme un jumeau. Il s'étendit à côté de sa mère. Cassonade vint les rejoindre. Elle lui dit une partie de la vérité, laissa tomber quelques détails inutiles. Vif, intelligent, il sauta vite aux conclusions. Les accusations dont il avait été victime dans la rue étaient fausses puisqu'il avait un père. Il n'était donc pas un fils de pute ni un bâtard. Il garda pour lui cette réflexion réjouissante. Il ne souhaitait pas attrister sa mère avec de telles médisances. Allait-il revenir ? Elle haussa les épaules, lui laissa croire que rien n'était si peu certain. Il sembla déçu. « Tu l'auras au moins vu une fois. » L'argument ne tenait pas. Elle tenta de le décourager en lui disant qu'il ne parlait qu'anglais. Alvine fit semblant de réfléchir. « Je parle anglais moi aussi quand je veux. Pis je pourrai lui apprendre le français. » La langue n'était pas une barrière infranchissable. Il semblait sûr de son implacable logique. « Retourne te coucher. On en rejasera demain. »

Si son fils voyait Alwyn plus souvent, risquerait-elle de le perdre ? *J'ai de la misère à croire qu'après tout ce qu'on a vécu ensemble, lui et moi, il va m'abandonner comme mon père, comme ma mère…* Mais non, Clarisse Wilson, se raisonna-t-elle, la vie ne pouvait pas être juste une suite d'abandons. À preuve, ses morts ne l'avaient pas réellement délaissée puisqu'elle avait déjoué tous les pièges semés sur sa route jusqu'à maintenant.

Alvine s'allongea avec Cassonade, ferma les yeux, se concentra sur le visage de son père. Au bout de quelques minutes à peine, soudés comme des aimants, ils se sentirent si légers dans leur sommeil qu'ils lévitèrent.

Le lendemain, pressé de partir pour l'école, impatient d'y faire sa présentation orale sur sa famille, l'enfant eut l'air d'avoir oublié la conversation de la veille. Mais sa détermination ne s'était pas estompée pour autant. *J'espère qu'il va revenir, le monsieur, parce que j'aimerais ça...*

*

Quand les circonstances s'y prêtaient, il aimait à se rendre utile en utilisant son don. Madame Jasmine demanda à ses élèves de dessiner la maison dans laquelle ils habitaient. Alvine s'empressa de tracer un croquis de la façade du restaurant avec son enseigne bien en vue. Lorsque les enfants eurent terminé, la naine ramassa les dessins et, afin de les exposer au groupe, entreprit de les fixer au tableau. Elle avait parfois besoin d'un escabeau. Pour le dessin d'Alvine, elle y eut justement recours. Au moment de redescendre, elle éprouva un vertige. Il la vit vaciller dangereusement. Elle essaya d'accrocher ses deux mains à la plus haute marche de l'escabeau qui se mit à tanguer à son tour. Dans sa tête et autour d'elle, ça tournait.

Quelques enfants, excités, poussèrent des cris d'horreur. D'autres demeurèrent muets, plaquèrent leurs mains sur leurs yeux, sans toutefois s'interdire de regarder à travers leurs doigts. Alvine savait qu'il devait intervenir. Ça allait soudainement trop vite. Pour bien évaluer la situation, il craignait de manquer de temps, se sentit pris de court. Il réagit néanmoins à sa mesure. S'il n'empêcha pas l'escabeau de choir, il maintint en revanche la naine dans le vide, lui épargnant ainsi une mauvaise chute. On aurait pu penser que des fils invisibles la reliaient au plafond. Les cris des enfants se muèrent en exclamations. Madame Jasmine était-elle une magicienne capable de rester suspendue entre ciel et terre ? « Vite, descends-moi de là ! » ordonna-t-elle, sans savoir à qui elle s'adressait, au lieu de crier au secours et de semer la panique.

Sans heurt, Alvine, soulagé mais en sueur, la fit atterrir dans sa chaise. Pris par ce spectacle insolite, personne n'avait vu son tremblement ni ses yeux rouges, tant il avait dû se concentrer et redoubler d'efforts. Madame Jasmine, ses petites jambes et ses petits bras battant l'air, ballet aérien loufoque malgré elle, n'avait rien remarqué non plus. Mais ce n'était pas fini. Il avait le goût de risquer, de tenter une expérience pour détendre l'atmosphère. Il transforma toutes les maisons en oiseaux multicolores qui partout dans la classe volèrent joyeusement sous les regards émerveillés de ses camarades, avant de redevenir de simples dessins inanimés. Les enfants applaudirent spontanément. À l'évidence, son pouvoir se ramifiait, se raffinait.

Par la suite, elle eut beau en discuter avec ses collègues, examiner les événements de façon rationnelle, Madame Jasmine en arriva à cette irréfutable conclusion : parmi ses élèves sévissait un ange cornu ou un gentil démon qui s'amusait à accomplir des miracles. Elle se sentit en sécurité tout le reste de l'année scolaire.

*

L'ultimatum de trois jours dura deux mois. Alwyn n'était pourtant pas du genre à bluffer. Mais des tracas imprévus l'avaient grandement retardé. Comme le laissait entendre la rumeur populaire, avait-il dû gérer d'autres situations familiales imputables à sa mauvaise réputation ? Clarisse s'était réjouie de son absence prolongée. Il avait enfin abandonné la partie, compris que ça n'en valait plus la peine. Du moins le souhaitait-elle ardemment. Malgré le désir de son fils, elle espérait ne jamais le revoir. Happée par le quotidien, elle n'y songea plus. Alvine, plongé dans ses vacances d'été et ses jeux de gamin, n'en reparla pas.

D'un pas décidé, il se rendit directement au comptoir. Miriam le reçut avec courtoisie comme n'importe quel autre client. Il réclama la patronne en personne. Clarisse sortit de la cuisine. Il lui offrit un bouquet. Elle le remercia pour la forme. Non, il ne l'attendrirait pas aussi facilement avec de banales fleurs sauvages cueillies sur sa route.

« Where is he ? » Elle n'apprécia pas trop la question, trouva son attitude présomptueuse, presque arrogante. Cet excès de confiance qui émanait de lui la dérangeait. Alvine était à l'école, il rentrerait dans une heure environ, inutile de l'attendre. Alwyn rétorqua que c'était parfait, il allait prendre son temps pour manger et après, bien sûr, il le verrait. Il lui avait apporté quelque chose à lui aussi. Il osa lui sourire. « Why don't you smile ? » Elle feignit de n'avoir rien entendu, se détourna. *Maudit tannant, change de cassette !* Elle était déjà assez gentille, *pourquoi faudrait que je lui sourie en plus ?*

Alvine arriva à l'heure prévue, Cassonade à ses trousses, comme d'habitude. Le chien alla renifler Alwyn. Il battit de la queue. L'enfant l'aperçut. Il s'en approcha d'un pas ferme.

L'homme le salua. Tel un magicien, il sortit de sa poche un camion miniature, le lui offrit. « This is for you. » Alvine, content, dit en français qu'il avait toujours souhaité en avoir un, même qu'il en avait vu un pareil dans son rêve la nuit passée. Alwyn n'y comprit rien, mais se réjouit de l'enthousiasme contagieux de son fils. « Are you my dad ? »

Elle ferma les yeux, tenta de se rappeler le camion de son père emporté par la tornade, les tours qu'il lui faisait faire et, surtout, le bruit du klaxon qu'il s'amusait à imiter. Ce cadeau n'en était-il pas la réplique parfaite ? Elle en fut touchée. Et sa mère, comment réagirait-elle ? Elle lui dirait qu'elle n'aimait pas ce grand Américain trop sûr de lui, mais que son petit-fils avait besoin d'un père. C'était probablement un arrangement acceptable et le meilleur service à lui rendre. Quant à Wayne… *P'pa, fais-moi don' un signe.*

Les voici, l'homme et l'enfant, face à face. « Ask your mom. » Au mot *mom*, Alvine décoda tout de suite la question. « C'est lui, hein, m'man ? » Comme à regret, les esprits semblant d'accord, elle répondit par l'affirmative.

Soudain, le temps d'un adieu, les frontières de la vie et de la mort abolies, Clarisse est bouleversée par une vision : Alwyn et Wayne ne sont plus qu'un seul et même homme portant dans ses bras sa poupée de chiffon en lambeaux...

Alvine tend les mains vers la tête du camionneur, tâte, sent un mystérieux fluide parcourir ses doigts. *Ouais, c'est mon papa, j'en ai un vrai !* Fou de joie, il imagine déjà tous les trucs que son père pourra lui apprendre. Cassonade sautille sur deux pattes en aboyant. « Je m'appelle Alvine. » Dans le regard de l'enfant flamboie un feu de forge capable d'embraser la terre entière. « Je... m'appelle... Alwyn. » Un pincement au cœur, Clarisse les laisse faire connaissance et retourne à ses fourneaux. Les clients auront toujours faim.

Table des matières

Achevé d'imprimer
en janvier deux mille dix-sept, sur les presses
de l'imprimerie Gauvin, Gatineau, Québec